叛國

吳錦發政治小說選

目次

序：大時代台灣青年的覺醒與奮鬥向前

——讀吳錦發的政治小說有感

◎宋澤萊

○、前言

吳錦發的政治小說幾乎都是70、80、90年代所寫的短篇小說，是一種諷刺小說。台灣諷刺文學的潮流起自於戰後，由吳濁流的〈波茨坦科長〉爲開端，經過黃春明、王禎和、楊青矗這些人的開拓，來到了吳錦發這個世代，已經變成一個很大的潮流，也就是俗稱的「鄉土文學」，是戰後台灣最大的一股文學潮流。

當諷刺文學在某個國家大興時，就是這個國家行將要改朝換代的時代。眾所周知，當〈二十年目睹怪現狀〉與〈官場現形記〉出現時，哪怕滿清帝國再厲害，20年後它就滅亡了，難擋歷史進入了另一個朝代。在台灣也是一樣，當吳錦發這些人的諷刺文學成爲潮流後，舊有的政權就要傾覆，新的政權就要出現了。吳錦發的政治小說簡單說就是這麼重要！

所以我們看吳錦發的小說，也就是在回溯改朝換代前的台灣，再度去重溫70、80、90年代台灣人共同的心境，憶起那一代人艱辛的奮鬥！

因此，我們先要來談談這些政治小說出現時的政治背景。

一、一九八〇年代前期台灣青年作家的躊躇、反省與前進

一九七九年的確是一個重要的年度。年底，美麗島事件爆發，震動了全島，也震動了整個文學界，敏銳的作家都在暗中感到，台灣正面對著巨變的未來，許多人開始思索：「好了，現在台灣人的政治菁英們都進入監牢了，那麼我們這些在監牢外的作家應該做些甚麼?!」當時，吳錦發剛寫小說不久，年紀大概在25歲左右。

對於年輕一代的作家而言，這個變動馬上帶來一種尷尬，因爲許多人心裡都知道，調整筆調的時候到了，但短期之內沒有人能知道正確的筆調是甚麼，大家知道必須努力去摸索與嘗試，但是摸索與嘗試實際上是一種冒險。

原來，整個70年代，文壇所矚目的文學乃是黃春明式的描寫小人物的文學，也就是

諷刺文學。這種文學在一九七七年的「鄉土文學論戰」之後，已經成爲文壇的主流。這種文學所描寫的人物幾乎都是經濟的弱勢者，目的乃是揭露社會階級壓迫下的農、工、漁民的貧困問題，大半已經成名的或未成名作家已經累積了大批的素材，正準備大顯身手。可是一九七九年的美麗島事件卻嚴重地揭示了台灣社會迫切的新問題不是階級壓迫的問題，而是人權匱乏與族群壓迫的問題，簡言之是民主．族群所聯合起來的問題，再寫貧窮的小人物困境顯非時代之所需。這是年輕一代作家第一個必須考慮的課題。

第二個課題是再學習的問題。自戰後，國府用了35年的時間在台灣青年的身上灌輸了一套外省式的大中國意識，此一瞞騙的、洗腦的意識深植人心，尤其以40歲以內的青年爲烈。大半的青年作家從未有機會在教育體制裡學到自己足夠的母語與史地，對台灣的認識不足。很少有人告訴台灣青年作家說：「你是台灣人！」換句話說，青年作家並不具備做爲一個台灣人的起碼認識。那麼，重新自我學習才是重要的。在這個時候，寫作反而不是最急迫的差事，聽、看、省思才是最重要的！

第三個課題是勇氣的問題。一九七九年年底以後，高壓的統治氣氛好像又君臨台灣，很有228的味道。國府擺出了一幅肅殺的面孔，看著文化界的一舉一動。假如你竟膽敢揭發國府的暴政暴行，拆穿新住民殖民統治的事實，那麼蔣經國的秘密警察必然悄然來訪，說不定就置你於監牢之中。你想替台灣人出一口氣，那還得看看你有沒有這個膽量！

這些條件限制了台灣青年作家的筆調，使文學青年作家猶豫了很長的幾年時間。所以並不是說美麗島事件一發生，所有的台灣青年作家就馬上提筆上陣加入撻伐國府劣行的行列，或者說馬上就能高舉民主與台灣意識進行創作。有好多穩健的、高齡的作家還得必須等到一九九二年刑法第100條修正後，才敢大膽創作。

但是，還是有一批青年作家提筆悄悄發難了。這批作家大抵都是30歲左右，而且都屬70年代末期就闖出一些名堂的作家，也即是一九七七年鄉土文學論戰後竄起的小作家。由於他們剛剛起步寫作不久，所受的教育是比較傾向自由主義，心靈不像前一代作家那麼憂鬱，自一九七七年之後，他們也自認是文壇的尖兵，所以膽敢提筆回應大時代的挑戰。這批作家包括了林文義、林雙不、廖莫白、苦苓、劉克襄、吳錦發……等等這些人，他們在躊躇、反省中慢慢前進了。

這時，能把一九八〇年—一九八五年這段期間台灣知識分子的躊躇、反省與忿怒的怪現狀用小說寫下來，並使之神靈活現的，非吳錦發莫屬！

二、吳錦發政治小說創作四個時期

如上所述，吳錦發並不是美麗島事件之後才竄起的小說家，他在一九七七年鄉土文學論戰前已經開始寫小說了。

綜看他的所有政治小說創作，在70、80、90年代大概可以分成四個時期：

第一期是一九八〇年以前的階級壓迫期：從一九七六年他發表了第一篇短篇小說〈英雄自白書〉之後，大半的主要小說都在書寫小人物在經濟上的困境，這就是黃春明與王禎和式的小說。比如說一九七八年發表的〈放鷹〉就寫一個電影小替身演員如何在電影拍攝中從空中墜落的不幸事件；一九七九年發表的〈堤〉就是寫一個鄉下老祖父想築堤擋住洶湧衝來的溪水，最後完全失敗的故事。〈出征〉就寫一個父親因爲種田無法溫飽，乃棄田到國外從工的故事。〈烤乳豬的方法〉則寫一個農婦辛辛苦苦養了一大群小豬，期待有好價格可賣，最後豬價大跌時，爲了不賠錢，家人只好把乳豬烤來吃掉的故事。所有的這些故事，大部分都在下層的農工階級中發生，的確呼應了一九七七年鄉土論戰後的下層社會書寫。乃屬於寫實一派的作品。

第二期是一九八一年—一九八四年的族群壓迫期：首先是書寫原住民族群被壓迫

的事實，一九八一年發表的〈有月光的河〉、一九八三年發表的〈燕鳴的街道〉、一九八四年的〈暗夜的霧〉等短篇小說，重點都是刻劃山地女孩子流落平地所受到的壓榨，最終的命運大概就是被騙、被棄或者是飲恨而死的故事。接著則是台灣人受到欺凌壓迫的一篇小說〈叛國〉，也在一九八四年發表，內容是寫一位日本時代的優秀青年戰前先流徙到中國大陸飽受中國人的排擠；戰後返台，又變成國府的政治犯，晚年過著隱世埋名的生活，躲躲藏藏，很像是小型的〈亞細亞的孤兒〉。也算是寫實主義的作品。

第三期是一九八四年—一九八六年的描寫文化界知識分子時期：吳錦發並不稱讚這些知識分子，而是批判他們面對權力時的無力、轉向、妥協、逃避的種種醜態。比如一九八四年發表的〈指揮者〉，揭發了一個在報社自認是「指揮者」的主任的劣跡敗行。這位主任在以前是頗有正義感的人，教導手下的記者要勇於揭發社會積弊。但是在報社換了老闆之後，就改變了一貫態度，不准記者再誠實揭弊，全力逢迎新的權貴，引來故事主角巨大的憤怒。〈消失的男性〉則書寫一個大學時代念社會學，後來進入報社工作的詩人，他也是一位賞鳥家。由於有一次在河口拍攝野鳥時，遭到了海防部隊的盤查，心生恐慌，很想要逃離這個嚴厲軍管的台灣，他終於得了一種病，就是身上開始長出羽毛，生殖器也萎縮了，後來變成一隻野鴨子，飛向了天空。一九八五年發表的〈黃髮三千丈〉則書寫一個留美的文學女教授，學習到了美國人喜愛批評的習氣，回國之後，隨性寫些文章，批評台灣多年前的社會積弊（無涉當前的時局），不料一時聲名大噪，卻遭到保守人士攻擊她為「妓女」「洋奴」「二毛子」的怪事，使她懷疑這個社會到底是怎樣的一個社會。在焦慮中，終至於得了一種怪病，頭髮開始變黃，從頭迅速垂長到腳的怪事。此一階段，當中有幾篇屬於魔幻寫實一派的作品。

第四期：一九八八年寫了〈父親〉則側面書寫陳文成的受害死亡帶給尚活著的父親無限的悲恨。一九九二〈那斜穿過畫面的枝枒〉則書寫了出獄的政治犯施明正受到特務的監視和迫害。這個時期取材於實際的政治受難者，帶著重重的譴責味道，寫作的膽量比較大，算是解嚴後的小說了。

吳錦發這本政治小說，主要大都是收集第二、三、四期的小說。小說反映了吳錦發同時代年輕知識分子對於美麗島事件後的躊躇、反省、奮鬥，保留了大時代青年文化人的影子。尤其是第三期的小說大抵都是非常怪異的諷刺小說，在戰後的諷刺小說的大潮流中特別能獨樹一幟，很值得特別注意。譬如〈消失的男性〉這一篇，是為了批評當時青年文化人的逃避現象與揭發反人權的政治狀況而寫的。欲奔這個主角是當時許多青年文化人的集合體，包括吳錦發自己在內。筆者已經提過，美麗島事件之後，文化界顯得相當的肅殺，叫許多的青年文化人非常害怕，唯恐惹禍上身進了監牢。同時，青年文化人的台灣意識還待培養，沒有辦法即刻對國府作出批判，他們還在觀望中，還在沉潛中。因此，許多的奇怪現象都發生了。當時，青年文學家有人開始進入禪堂去修習佛學，也有人放棄寫詩開始去觀察野生動植物，甚至有人進入雜誌市場辦起色情刊物……這些都是斑斑可考的事實，吳錦發寫這篇小說的目的就是爲了抨擊這些逃避的行爲！因此，這篇小說是有事實根據的，也是吳錦發對自己的一種焦慮反應，因爲假如每個台灣青年文化人都變成這種無用之人，那麼台灣的未來就很值得憂慮，恐怕會陷入萬劫不復的地步。當然，若干年後，像這樣急於逃避的台灣青年文化人並不多見，許多有志氣的青年文化人還是勇氣百倍，提筆上陣，造成80年代後期社會文化界的狂飆運動，使得整個80年代後期充滿一片的喧囂，許多的議題，包括反一黨專政、反公害、原住民請願運動、520農民抗爭、婦女運動、無殼蝸牛運動、228事件平反、反黑名單、台灣獨立運動……等等都成爲最時髦的青年人熱衷參與的議題，並且實際行動起來，甚至還延伸到90年代。不過，一九八〇年代的前期，整個文化界正是吳錦發所寫的這種尷尬的狀況！

三、小說的技巧

吳錦發這些政治小說有許多的技巧。首先是某幾篇小說運用了魔幻寫實的技法：像〈消失的男性〉這一篇，能把一個想要逃避現實的年輕人寫成一隻野鴨子飛走，實在是一個很了不起的噱頭，能引起讀者無限的想像，這就是魔幻寫實的魅力。再者，寫實技巧的良好是小說成功的另一個原因：吳錦發的文字一向十分細膩寫實，能重現真實的情況，加重了小說的視覺性。比如吳錦發用寫實的文字來描寫〈消失的男性〉裡的男主角身上長出亮麗的羽毛時，由於是如此的細膩，很快就引起我們的驚嚇！第三個技法是獨特的諷刺的技法：諷刺文學就是一種說反話的文學，故意把黑說成白，把白說成黑，從而產生一種怪異性的幽默，使壓迫者更顯示出其壓迫性，被迫害的人更顯示出可堪哀憐，很能讓人深感憤怒與同情，更能反應台灣當時的現實！

四、英雄死亡時代的來臨與醜陋扭曲的審美觀點

我們回頭過來談談吳錦發這些政治諷刺小說在台灣文學三百年文學史中的獨特性和重要性。

假如我們把文學裏的人物當成「英雄」來看，那麼，台灣三百年來的文學，英雄的形象一直在演變之中。

在清治前期的120年裏，所謂的文學英雄形象就是一種「勝利英雄」，征服台灣的皇帝、戰將、文官、小吏都是勝利英雄，文學作品一再誇讚這些人物冒險犯難、征服環境的精神，他們都是文學作品裡的主角。

在清治後期的70年裏，所謂的文學英雄形象就是一種「安居英雄」。征服台灣的漢人已經來到了第三代第四代，他們開始在台灣落地生根，想要成家立業、生養子孫。於是，他們開始喜歡這塊土地，歌頌這塊土地。文學作品的主角（英雄）就變成能構築巨屋、戀慕田園、觀花賞月的人。

在日治時期的50年裏，所謂的文學英雄形象就是一種「敗北英雄」。由於台灣變成異族的殖民地，「英雄」被打敗了，家園不再是屬於他所有。這種英雄當然會抵抗，不過，到最後還是以失敗做爲結束。因此他必須漂泊四方，淒涼落淚，無家可歸。

來到了戰後的55年裏，所謂的文學裏的英雄就死亡了，文學裏已經沒有英雄可寫可歌頌。天下洪水滔滔，到處都是食人妖魔（害人精）與小人物。假如要繼續寫文學作品，那就必須以食人妖魔與小人物爲主角，用來維持文學的命脈。

二〇〇〇年之後，又出現了「勝利英雄」的小說，人物又開始能在高山、海上戰鬥的人，顯示台灣文學又來到了一個新的循環的開始。

觀乎70、80、90年代，吳錦發所寫的小說其實就是書寫「英雄死亡」的文學作品。本來像〈消失的男性〉裡的這種知識分子，在日治時代的作家龍瑛宗、吳濁流的手中，還算是一個能抵抗的英雄，只不過是一種「敗北英雄」罷了。但是來到了戰後的吳錦發手中，他已經不是英雄，而是把自己從台灣消失掉；既然把自己消失，那就等於是死亡了。

這眞是可憐的一幅「英雄已死」的圖像，這也就是戰後55年，諷刺文學作品共有的圖像，也就是三百年一個文學史的循環所不能缺乏的圖像，具有無比重要的特色。

另外，這篇小說所採取的審美觀點，也已經告別了清治前期台灣文學120年浪漫時代的「壯美」、清治後期70年田園時代的「優美」、日治50年悲劇時代的「哀病」，一路來到了戰後55年諷刺時代以「醜怪扭曲」爲美學觀點的時代了。作者所賦予〈消失的男性〉主角的「鳥人」圖像叫人一夕數驚，我們很難想像，一個渾身長滿野鴨子羽毛的人是怎樣的一種人，該有多難看！然而，這個審美觀點也是三百年一個文學史的循環所不能缺乏的，也具有無比重要的特色。吳錦發使用這種審美觀點，並不是讓人來賞心悅目，毋寧說是運用這種審美觀點來引動讀者的恐懼與顫慄，最後達到了警告與譴責的作用。像這種審美觀點，普遍流行在戰後的55年諷刺文學作品裏，也是戰後台灣所有主流藝術品共有的審美觀點！

——2023.12.17 於鹿港

從陰沉到陽剛的反抗

——序吳錦發政治小說選

◎吳錦發

這是我很多年前就想出版的一本小說集，但總在腦袋中想著想著，又把它擱下了。原因很多，主要是因爲這些作品，我陸續寫作的時間拉得很長，而且發表的時間也很零散，發表之後，並沒有完整把它們集成一本書的計畫，而是依照發表的時間，散放在我的各本小說集中。因此它形不成集中的力量，也經常被忽略了我在文學中，對整個時代的政治脈絡思維。

目前收在這本小說集中的小說有十二篇，最早一篇是〈永恆的戲劇〉，記得是發表在黨外雜誌《暖流》的創刊號，由廖仁義主編，向我約稿而寫的。

收在本書的十二篇小說，從第一篇到最後一篇，大致是以發表時間的先後時序排列的。這些小說大致都寫作於台灣政治最動盪的時刻：「美麗島事件」發生前後。當時中國國民黨已發覺它已無法「穩定統治」卻仍不死心，要用最後手段壓制，如火山般即將爆發的民主衝動能量。

其實那股能量並不限於台灣，而是在東亞島弧地區聯動，韓國、台灣、菲律賓馬尼拉。

而在台灣，也不只在政治一端，「鄉土文學運動」、「唱自己的歌運動」、「新浪潮電影」……，所有能量都在匯集，匯集的點，最後當然會衝擊到政治的斷層，只是中國國民黨仍在垂死抗拒，以爲可以壓制下去。

文學家自然是敏銳的。

我們自然率先感知變動的到來，新時代將降臨，有良知的作家，開始對腐敗的國民黨政體預告了崩解無可避免。

宋澤萊、林雙不、王幼華、鍾延豪、李昂……，各以不同的文學形式，或明示或暗示或寫實或象徵的手法，在各式的小說故事中，預告了一個殘暴、封建政權即將結束，一個新形式的社會即將來臨，雖然我們並不確定新型態的國度會是什麼？但一定會比舊的有人性，更具解放性！

我的十二篇「政治小說」，寫作背景大致就是在暗示著對封建國民黨政權的反抗，從「陰沉」的到「陽剛」的反抗的過程·，從裡面當然使用了各種文學技巧，寫實主義、象徵主義等，但我覺得那不值得一談。

重要的是，我要經由這本小說集，說明我年輕時代，曾經經由文學反抗過國民黨，當時的暴政！我沒有沉默！所以我今天出版了它！

烏龜族

阿根把肥皀沾上水，輕輕地在脖子及鎖骨附近抹了抹，抹出一些泡沫來。

抹了一會，放下肥皀，用手搓一搓試試，覺得似乎夠滑潤了，不自覺地，他竟自顧自對著鏡子惡戲般地笑了起來。

一、二、三。

心裡默數著，數到三便把所有的力量集中在脖子上，雙肩往上聳，脖子使力地往內縮……。

一寸、兩寸、三寸……。奇怪的事發生了，他的鎖骨漸漸向外張開來，而脖子竟緩緩地往體內陷落下去了。

他把兩眼睜得大大地注視著鏡子，一眨也不眨地看著自己把頭、頸緩緩縮入體內的奇景——。

脖子進去了，接著下巴，嘴唇，鼻頭……，縮到鼻子的部分時，鼻頭突然卡住了胸骨，他把雙手舉上來，用力把露在外面的鼻頭往內擠一擠，然後用盡力量，一縮，「撲！」很細微一聲，鼻頭縮進去了，鼻樑也順勢滑落進去。然後……這是最關鍵的時刻了；一個多月來，他重複練習了無數次，最多也只能縮到下眼瞼的地方，以上就再也縮不進去了；今天，他決定拚死也要把眼睛的部分也縮下去，因爲眼睛是最重要的地方。他想。如果能把眼睛也隨著縮入胸腔內，便可以不看這個世界，不看，才會覺得自己是徹底地掩藏起來了，否則只能縮到鼻子的部分，那這種「縮頭功」有什麼意思？兩隻眼睛還不是得露在外面眼睜睜看著這個醜陋的世界？

把自己這套獨門功夫叫作「縮頭功」，當然是爲了和一般走江湖賣藥的郎中所誑稱的「縮骨功」有個分別。他向來看不起中國功夫裡面所謂的「縮骨功」；他看過很多人表演過那種功夫，表演者大都是小女孩，她們把自己縮入小的皮箱或竹籃之中；稱這種功夫叫「縮骨功」實在是言過其實，這種功夫只要從小就練習，把筋骨鍛鍊得柔軟些，任何人都練得成，那有什麼稀奇，那樣的功夫與其稱爲「縮骨功」，不如稱爲「軟骨功」來得恰如其分。

但是他這套「縮頭功」可就不同了，他是眞的像烏龜一樣，可以把頭縮入胸腔之中，把整個頭隱藏起來；當然，現在這麼說也有些吹牛的嫌疑，到目前爲止，他還只能做到脖子、下巴及下眼瞼的地方縮入胸腔中而已。

不過，遲早，我一定可以練到把整個頭顱都縮進去的。他想。

說起他練「縮頭功」的經過，可眞是充滿了傳奇的色彩。

阿根學會這套功夫可從沒有拜過什麼門派的什麼大師，他的這套功夫自始至終可都是無師自通的，甚至可以這麼說，連他自己也不知道怎麼回事，在很偶然的機會之下，他竟發覺自己擁有了這種奇異的獨門絕活。

第一次發現自己有這項奇能，是一個多月前的事了。

那一天，他因爲副刊上的一篇文章出了問題，被社長叫到社長室臭罵一頓，就在那種又羞又憤的情況下，他驀然發覺自己在社長咆哮聲中，把頭低下來，脖子一直往內縮，不知不覺竟把脖子連同下巴整個縮入胸腔之中了……。

起先，他自己並沒有發現這件事，他是一逕低著頭，任由社長滔滔不絕地數說自己的不是。

「你要知道，辦報不比辦雜誌，不是潑一盆水就了結了，辦報要像滴水穿石，經過長時間的努力，把新思想傳遞給民眾，漸漸地改變民眾的想法……。」

社長義正辭嚴訓斥他。他爲編副刊，被社長如此訓斥已不只一次了。社長的苦心他是明白的，社長一向是愛惜人才的人，但是社長也不希望因爲他編副刊而把整個報社拖垮了。

「我明白你的理想，但理想要慢慢去實現，你不能因爲率性要達到自己的理想而拖垮了整個團體，這個團體有幾百人在吃飯，萬一因爲你把報紙給停刊了，那這些人要到那裡去吃飯？他們可都是有家有室的人……。」

社長的話，如針錐一般，一句一針地刺中了他的心，他是寧可社長大聲地斥責他無知、無能，而不願意社長以別人可能因爲他而墮入苦難中來警示自己，社長也明白他的個性，他是一個寧願自己受難，也不願眼睜睜看著別人因自己而受難的人。

社長的話使他覺得對同事們愧疚難當，他強烈地覺得想在地板上找個洞鑽進去，但是他腳下踩的卻是地毯，地毯下面是鋼筋水泥，而且社長室在二樓，就算他鑽個洞也掩藏不了自己，從二樓穿個洞，他勢必要掉到一樓去……。

所以，他只能又羞又憤地把頭低下來，緊閉著眼睛拚命地把脖子往內縮。

「上次被警告，我就告訴你了，要小心，要小心……。」

啊，羞愧，羞愧……。

「這次又登那種黃色的東西，你……你眞是……政治不能碰，色情當然也不能碰，暴力的更不可以……。」

羞愧羞愧羞愧羞愧……。

「你也是寫作的人嘛，你難道不瞭解我們這兒的尺度嗎？你……」

啊，啊，啊……。他拚命地把脖子往內縮、縮、縮……。

咦？社長高亢的訓斥聲突然停住了，許久許久，他耳邊似乎只聽到嗡嗡不已的冷氣機的聲音。

汗水流得滿頭滿臉，他伸起手來用衣袖拭眼角的汗，順著眼角往下拭過鼻樑，拭到……嘎！下巴不見了！

他悚然把眼睛往前一掃，看到社長眼睛瞪得銅鈴般大，滿臉青白，以著極端恐怖的表情看著自己，然後一直往門口挪身，突然，打開門衝了出去。

啪、啪、啪——聽著社長在外面走廊跑步的聲音，他驚恐地想把頭抬起來，卻發現下巴卡在胸骨上擡不起來，他又急又怕，慌忙把手抬起來，往頭上一陣亂按，「噗！」縮進去的脖子和下巴終於像裝了彈簧的玩具木偶一般從胸腔中彈跳起來。

他傻楞楞地站立原地，腦海裡一片空白，他一時轉不過腦筋來想方才到底發生了什麼事？

正在他仍呆立在那兒的時候，社長已和幾個同事神色慌張地跑了進來，打開門，看到他好端端地站在那兒，社長的臉色一時顯得尷尬萬分。

同事們以狐疑的眼光打量他一會，又轉頭以同樣的眼光一直打量社長。

「你們回去吧！」緘默了一會，社長慌忙向他們說。等他們嘀咕著轉身離去後，又向著楞立在那兒的他說：

「你也回去吧，下次小心一點！」

他聽到社長那後半句話說得極其細微，而且似乎還帶著顫抖的尾音。

這便是他初次顯露出「縮頭」奇功的經過。他回家之後，一直回想著當天發生過的奇事，覺得似眞似幻，連自己也不太確定在社長室裡發生的那件事到底是眞實呢？還是只是一次短暫的夢境？

爲了求證這件事的眞實性，他回家之後，便一個人躲在浴室裡，對著鏡子試看看自己是否眞的可以把脖子和下巴縮入胸腔之中。

剛開始的時候，他試得並不順利，他把全部的力量集中在脖子上，猛力往內縮，脖子似乎眞的往內一寸一寸地陷落下去了，但是隨伴著陷落的動作，脖子的皮膚卻因著和鎖骨的摩擦而產生陣陣的劇痛，痛意使得他忍不住掉下眼淚來。

試了幾次，痛意越來越劇烈，他靈機一動，乾脆把衣服都脫光了，在脖子上和鎖骨附近抹上肥皀潤滑，並且閉起眼睛，想著社長曾經斥責過他的話，使自己重新回復到在社長室時那種羞慚的心境，這樣一來，果然順利多了，他竟毫無困難地就把脖子和下巴一起縮入胸腔之中了——。

證實了自己的確莫名其妙地擁有了「縮頭」的奇功之後，阿根的心境驀地變得複雜起來，這一方面，當然難免產生了一些恐懼的心理·，發覺自己的身體起了奇怪的變化，使得自己和別人有了差異，這種差異的自覺，自然地使他產生了某種程度的「不安全感」。但是另一方面，阿根卻又隱隱約約地爲著這種他和別人的「差異」感到興奮起來。

在這個世界上，能把脖子和頭都縮入胸腔之中的人，恐怕還沒有吧？在這方面，我……我可算是「世界第一人」吧？

但是令阿根感到最大的快感的，還不是那種「世界第一」的炫耀感，而是當他日復一日重複著練習這種「縮頭功」的時候，他無意中發覺到，把頭縮入胸腔之中，竟是一件極端舒服的事情。尤其在勞累了一整天之後，把脖子縮入「體內」休息片刻，脖子的痠痛馬上便消除了；更妙的是，如果當天碰到了什麼不順意令人心煩的事，他只要躲在浴室裡，把脖子「縮進去」休息一會，再「伸」出來，一切的煩惱便隨之雲消霧散了。

就是緣由於「縮頭」帶給了他那麼多意想不到的樂趣，所以一個多月來，每天深夜從報社下班回來之後，他一定趁著妻兒正在熟睡之際，悄悄地躲入浴室之中，在浴缸中放好溫熱適度的洗澡水，然後脫光衣服躺入浴缸中，把頭一縮，在熱水的擁抱下靜靜地享受著逃離人世的樂趣。

阿根的「縮頭功」愈練愈進步，練到方才爲止，他已經能夠把眉毛以下的部分全部縮入體內了，眼看著只要他再持續努力下去，在很短的時間內，他就可以達到把整個頭縮入體內的絕妙功夫了。

昨天才縮到下眼瞼的部分，今天卻已進步到眉毛的位置，阿根很爲今天的成就感到滿意。對著鏡子練習了幾次之後，他就以著一顆喜悅的心，踏入浴缸之中，他把身體舒適地平躺入溫熱的水裡，像往常一般，將頭一縮，甜蜜地進入短暫的極樂世界之中了……。

月懸在中天，陰曆十五左右的月渾圓皎潔，在這河邊天際，由於水的反光，月色顯得格外淒迷，薄薄地、霧霧地，因著天上浮雲的掩映，時明時暗，像會浮動的紗一般，悄悄地罩上竹林、河灘、沙蔗（甜根子草）的臉上，緩緩拖曳而去，然後，又一波搖曳而來，無聲無息地罩上去……。

阿根躡著腳步，不，感覺上連腳步也似乎沒有著地一般地，隨風飄浮而來……。

他站定在河岸邊，瀏覽著在月下如銀帶般亮麗的河面，心中不由自主地愉悅起來……。

他慢慢地脫下，——不，他猛然驚覺自己已沒有衣服可脫。他，現在，除了頭的部分是人的形象之外，剩下的，已十足像一隻巨大的烏龜，他有著巨大而黑亮的殼的掌與趾，甚至——他也有一條半公尺長，曳地而行的龜尾巴——。

他，阿根，在這個萬籟俱寂，無人察覺的夜晚，已悄然幻化，不，夢化爲一隻龐大無比的大「人」龜——！

他站在河岸邊，輕輕地用著前掌拍打胸前的甲殼，「叩，叩，叩……」甲殼發出如敲木魚一般的聲音，然後他蹙起嘴拉長聲音「爾嗚——爾嗚——爾嗚——」地叫著，當然，這種聲音人類的耳朵是聽不到的，它只適合「人龜」耳朵的頻率；這些都是他們呼朋引伴的訊號。

人龜阿根對著河面呼叫了好一會，河面依然波平如鏡，只有夜風偶爾拂過水面漾起粼粼的細紋。

啊，今天我來早了。

阿根慢慢地「走」到水湄，試試水的溫度，然後，微笑著趴伏下來，頭前尾後，「咕嚕」一聲滑入水中……。

此時水中的世界可就比岸上熱鬧多了，蝦啊、蟹啊，還有鯰、鯉、河鰻——各式各樣的水生動物，都循著月色出來覓食，平靜無波的水面底下卻是另一番繁盛的世界。

阿根沿著河岸逆游而上，繞過傾倒水中的竹叢、石堤、沙坑——無聲無息地往潭的方向游去，河床底下積存著一層竹子的落葉，月光透過水波的折射穿到河床底下，使得竹葉不停地反映著銀色的亮光，這月夜的河底，竟因之像鋪滿了一層薄薄的銀葉一般……。

阿根適意地划游著，一顆心隨著游過的景色漸漸地舒展開來，這是阿根一天之中最愉悅的時刻；夢化爲一隻龜，在深夜的河底下泅泳，使得他有一種徹底解放的快樂；水，像一層最隱密的掩飾體，隔開了他和水面的世界，在水的隱藏之下，他發覺終於掙脫了水面社會無所不在的監視；水，這個最柔弱也最堅強的東西，是一切生命起源的世界，現在，他投身在它的懷抱之中，有如回到了母親的胎內。他，游在這河流的深處，感受到了從來沒有過的安全感……。

阿根愈游愈感到心中的歡娛簡直要控制不了一般，他一會兒正面游著，一會兒側面游著，側身過來和河床呈四十五度角游，六十度角游，九十度角游，甚至偶爾來個大翻身，肚上背下，把腹部白色的甲殼平貼著水面倒游，這些游泳的絕技是一般烏龜絕對辦不到的，這是他們這群烏龜族特有的絕技，這些絕技都是那個叫阿眞的烏龜族頭頭傳授下來的……。

說起這個烏龜族的頭頭阿眞，阿根的一顆心倏地便抽痛了起來，他眞是苦命，事實上，不只是阿眞，他們烏龜族的每一個成員，如果要認眞地追究起他們「陽世」的命運來，他們可以說都是一群飽受迫害的苦命「龜」，不，「人」……。

烏龜族亦人亦龜，白天是人，晚上則夢化爲龜。

這樣的大祕密，是阿根在偶然的機會下發現的。

想起自己第一次夢化爲龜的經過，阿根至今仍覺得詭奇而不可思議。

有一天，他在浴室內練「縮頭功」，練得疲累極了，便躺在浴缸裡，不知不覺地睡著了……。

迷迷糊糊之中，他冥然覺得自己的身子從浴缸中飄浮了起來，隨著夜風，飄浮過田野、溝壑、蔗園……等他意識稍覺清醒的時候，他猛然發覺，自己竟已然站立在一條廣大的河面之前；更令他駭異的，他的胸前背後竟都附著厚而堅實的甲，這是夢嗎？這不是夢嗎？說是夢，為何一切的感受竟如此眞實？他清清楚楚地感受到夜風拂面的涼沁，他悄悄地把手伸上來咬一口，也清晰地感到痛意；但說它不是夢嗎？天下豈有人變成「龜」的異事？而且方才自己也確確乎曾隨風飄浮了好長一段路，人可能隨風飄浮嗎？那麼現在站在河邊的是……只是我的「魂」嗎？想到這兒，阿根忍不住打了一個冷顫。

正當他為著眼前的一切感到大惑不解時，寬廣平靜的河面突然像煮沸的水一般沸騰激濺起來，隨著翻滾不已的波濤，似乎從河底下傳來「叩、叩、叩……」陣陣敲木魚一般的聲音。

阿根一時驚呆了，楞立在河岸上張目結舌。

「爾嗚——」

木魚似的聲過後，一陣陣幽遠而令人心悸的呼嘯聲從河裡傳了上來。

然後，嘩——突然從他站立的河岸邊竄上來幾十隻大大小小和他一模一樣的大「人龜」。

「呵——」阿根嚇了一大跳，猛向後顛躓著連連退了好幾步。

「別怕，別怕，好兄弟，我們早知道你要來，已經在這兒等候你多時了！」從龜群中走出來一隻白髮蒼蒼、面貌祥和的老人龜，微笑著向他說。

「你……你們？」阿根駭異地張大了口。

「我們和你都是一樣的啦！我們在陽間都是人！」

「陽間？那……那麼這是陰間嗎？我已到了……」阿根顫抖著喊了起來。

「不！」老人龜仍溫和地笑著：「非陰非陽，非人非鬼，這裡是夢幻之境！」

「夢幻？我……」

「對！」老人龜打斷他的話：「你是在夢幻之中，隨時可以回到陽間去！」

「……」阿根狐疑地盯著老人龜看。

「今天是我們刻意召你的魂來的，我們的靈非常敏銳，在陽間的任何人只要有那一個和我們擁有了同樣的心境，我們的靈馬上便能收得到那種訊息，我們便召他的靈來參加我們的陣容。」

「你說同樣的心境？什麼樣的心境？」阿根知道了這不是陰間，心裡逐漸平靜下來，他好奇地問。

「你自己想想看，烏龜會有什麼樣的心境？」老人龜神祕地笑著。眾人龜聽老人龜這麼一說，都譁然哈哈大笑起來。

這一笑很自然地便打破了彼此間的僵持與戒心，那群人龜紛紛過來和他握手，並且熱情地寒暄起來。

聽過他們一一自我介紹之後，阿根不覺又悚然心驚，原來這些人龜都不是泛泛之輩，他們都曾是近幾十年來此地有名的政治家、醫生、企業家或文化人——這些人當中還有許多曾是名聞遐邇的大人物。

當其中有一隻綠色的人龜說出他陽世的名字時，阿根忍不住驚呼出聲：

「啊，你不就是那個喜歡坐禪的小說家嗎？你……你不是羽化成仙好幾年了嗎？」

阿根這麼一喊，奇怪的事竟發生了，那綠色的人龜突然之間面孔痛苦地扭曲起來，他張大著嘴慘叫了一聲，「哇——」聲音幽長淒厲，在黑夜的河面上盪漾開來，幻化成了一波大過一波的聲浪。

那聲浪愈來愈大，幾乎要震破大家的耳膜，眾人龜緊摀著耳朵，驚慌而逃，紛紛跳入河中。

老人龜急怒地吶喊著：「笨蛋！你……你觸犯了我們烏龜族的大忌了！」

喊完也跟著跳入了河水之中。

留在岸上的那隻綠色的人龜，仍淒厲地慘叫著，隨附著慘叫，他的身體竟從龜殼的部分像被燒熔的蠟一般，慢慢的熔化了。

阿根看著逐漸熔掉的綠色人龜，也驚駭地張口大叫起來。

啊——

啊，啊，啊，啊，當他從浴缸中猛然醒來的時候，仍歇斯底里地大叫著，叫聲吵醒了正在酣睡中的妻兒，他的妻驚慌地跑來捶著浴室的門喊道：

「怎麼回事？怎麼回事？」

他這才徹底地驚醒過來，打開門，連衣褲也沒穿，猛衝出浴室，跑到臥室，鑽入棉被中觫觫地發抖……。

由於夜裡那個夢實在過於離奇，第二天仍使阿根沉浸於一種鬼魅的氣氛之中。

尤其是那隻綠色人龜逐漸熔去的景象，更令他一想起來就毛骨悚然……。

特別是那隻人龜曾經報出他陽間的姓名叫蕭竣，蕭竣？他不就是多年以前轟動文壇的那個名作家嗎？但是他明明記得那個作家在多年以前就已經「坐化」了，他「坐化」的消息還曾經在報章雜誌上被大大的渲染過呢！因爲他年紀輕輕地就「得道昇天」，超出塵世的煩憂進入涅槃之境，他被火化的時候，還在餘燼之中發現了許多五彩的舍利子呢！

從身上燒出五彩舍利的得道者，怎麼也變成了綠色的人龜呢？

那是魔幻嗎？那是眞實嗎？

爲了求證這怪異的幻夢到底是怎麼一回事，阿根坐在書桌前，拿出稿紙，就記憶所及，隨便寫下了幾個在夢幻中那些人龜報出的姓名及居住地。

當天早上，他打點好了旅遊包，打算出門幾天，到台灣各地去拜訪這幾個名人，以徹底探明那奇異怪夢的眞正底蘊。

他第一個去探尋的便是那個叫高傳眞的作家，也就是那個人龜群中的老頭頭。在夢幻中，當那老人龜報出他的姓名叫高傳眞時，他就大大吃了一驚。

因爲他正是此地大名鼎鼎的老文學評論家，雖然這些年來他已封筆不再寫作，但是阿根一直都非常敬佩他，阿根在還是文藝少年的時候，曾讀過他文學方面的評論文章，當時就非常崇仰他的文學立論。

阿根從來沒有見過他，也不明白他後來爲什麼會封筆，但據說和多年前的一場文學筆戰有關。

多年來，阿根便一直想找個機會去拜望他，向他說出內心裡的敬慕之情，並希望他再拿起筆來爲此地的文壇奮鬥，但是，由於一直忙著自己的工作，而沒能抽出空來將這個願望實現。

現在，正好可以藉由這個機會達成多年來的宿願了，所以他把高傳眞列爲第一個拜訪的對象。

高傳眞住在府城邊緣的一個小漁村裡，他換搭了好幾趟客運車才到達那個漁村，再經由村人的指示，好不容易找到了他的家。

他敲了門，出來應門的是一個約莫十八、九歲大的年輕人，阿根表明了要拜訪高傳眞先生的心願後，那年輕人突然露出憂淒的神色，問說：

「你要找我父親？找我父親有什麼事情嗎？」

「我是報社的副刊編輯，我有一些文學上的問題想來採訪他！」

「哦——」年輕人的臉上掠過一絲痛苦的神色，囁嚅地說：「但是……但是他現在不能講話呢！」

「唔？」阿根感到很詫異。

「上個星期五，我父親在臥房裡睡午覺，不知道怎麼地突然跳下床來，大叫著：『烏龜，烏龜……』我們趕忙跑過去，發現他昏倒在地上，送到醫院裡去，醫生說他中風，替他做了緊急腦部手術，現在他還住在醫院裡，我媽媽在照顧他……。」

「這樣嗎？」阿根聽到他的說詞，大大地嚇了一跳，全身直起雞皮疙瘩，慌忙告辭離去。

隨後幾天，他連續地去拜訪了港都的某一個畫家，一個隱居在台灣東部的小說作家，以及住在南港的一個年輕女心理學家……。

令他驚駭的是，這些名人，奇異地，在最近一、兩個月內都紛紛發生了可怕的事情，有的失踪了，有的莫名所以暴斃，有的得了急病突然失去了說話的能力，據他們家人的描述，這些人在出事前幾天都有過怪異的舉止，他們都說曾經作過怪異的夢，夢見自己變成了奇怪的「人龜」。

阿根愈往下採訪愈覺得心寒膽顫，尤其是那港都的名畫家，阿根是在一家療養院的隔離病房裡找到他的。療養院的醫生告訴阿根，他是在一個多月前發瘋被送到這兒來的，據說他突然一直向家人說他是一隻大烏龜，把整個畫室的內內外外都畫滿了烏龜，並且失去了走路的能力，在地上不停地爬行，更怪異地，他的頭竟變得可以縮入體腔之內……。

阿根一聽到醫生說那名畫家可以把頭縮入體腔之中，不禁一陣心驚，滿臉蒼白，幾乎癱瘓下去……。

阿根鼓足了勇氣去隔離房看那個畫家，畫家隔著鐵柵看到在室外探視他的阿根，突然露出奇異的笑容磔磔不已地笑著：

「嘿嘿嘿……，我認識你，我認識你……」

那笑聲充滿鬼魅之氣，聽得阿根汗毛都倒立起來，自背脊骨冒起陣陣寒氣。

「你這混蛋，你這混蛋……」畫家喃喃不已地念著，突然大吼起來：「你看什麼？你不知道我們烏龜族的規矩是絕對不可以探訪同志們的祕密嗎？王——八——蛋！」吼著，那畫家竟猛地衝過來，雙手從柵欄空隙中伸出，想要捏他的脖子，阿根嚇出一身冷汗，掉頭便跑。

跑過陰暗狹長的長廊，阿根仍清晰地聽到那畫家兇猛搖撼鐵柵欄的聲音以及淒厲的嘶吼：

「放我出去，放我出去，我沒有瘋，我沒有瘋，我是一隻大烏龜……。」

旅遊回來的那天晚上，阿根又作夢了。

他的「靈」第二度被烏龜族們召喚到河邊；到了那兒，他遭到了烏龜族們嚴厲的批判，尤其白天裡曾被探視過的那幾個名人所化身的人龜更是憤怒，紛紛主張應按照烏龜族的刑法第三十八條規定：「觸犯探詢同志祕密者應處以斬斷尾巴的刑罰。」在烏龜族的社會裡，被斬斷尾巴是莫大的恥辱，雖然他們那條尾巴並不怎麼漂亮，而且也沒有多大作用，但是那條尾巴卻是烏龜族用來嘲笑附近那些鱉族的利器，烏龜族唯一能使鱉族感到羞慚的便是：他們比鱉族擁有更長的尾巴，而鱉族則幾乎沒有。

所以烏龜族被斬去尾巴，簡直就像武士被剃光頭髮、奪去刀劍一般的恥辱，這是一件嚴重的事情。

幸好那隻老人龜頭頭一再地替阿根說情，說他是新來的，剛加人烏龜族，所以他不瞭解烏龜族的種種規矩，應屬情有可原，好說歹說的，才平息這群烏龜族的怒氣。

逃過這場可怕的刑罰，阿根早已嚇得面無「龜」色。

雖然刑罰沒有加身，但阿根活罪還是難逃，他被罰當場作伏地挺身兩百個（帶著重重的背　伏地挺身可不是容易的事），而且強迫背誦「烏龜守則」一百遍。所謂「烏龜守則」，便是他們烏龜族立身處世的原則，一共十二條，開宗明義第一條便嚴厲規定：

身爲烏龜族不得探詢同志之間陽世身分的祕密……。

他一直不明瞭，爲什麼烏龜族不願意人家知道他們的身世，百思不得其解的情況之下，他只好去請教老人龜。

「你不必明白那麼多，你只要好好把那條文背起來就行了！」老人龜以嚴肅的臉色向他說。

「但我心中老是怪怪的，你們既然讓我加入烏龜族，卻又不讓我明白烏龜族種種規矩的來源，那我總覺得……。」

「好啦！好啦！你總覺得我們一直把你當外人對不對？」老人龜打斷他的話。

「……」

「你這幾天偷偷去探尋我們陽世的身分，你難道沒有什麼特別的發現？」老人龜幽幽地說，臉上閃過一絲痛苦的神色。

「唔？……」阿根不解地盯著他。

「你忘了我們初次見面時，我曾告訴過你，我們之所以化身爲烏龜族，就是因爲我們有共同的心境，烏龜的心境！」

阿根仍會意不過來，楞楞地看著他。

「看來你眞的是一隻笨烏龜！讓我告訴你吧！我們在陽世都是挫敗者，退縮者，我們都是在被淘汰邊緣的人，所以……我們……，唉啊，我不說了，你想想你自己的遭遇不就可以明白啦！」

老烏龜這麼一說，阿根倏地心痛起來，他不由自主地聯想到自己最近的遭遇來，他的確是一個挫敗者，他是一個老被人罵來罵去的副刊小編輯，一個月賺不了幾個錢，還常常要被老闆警告，被作者抱怨，回到家還要受妻子的嘲諷，啊，啊，啊……阿根想著想著，竟也淚流連連了。

「好了，好了，既然來到這個地方成爲烏龜族，我們要的就是找尋快樂，陽間的事不要想它了！」老人龜看到他傷心的樣子，忙拍拍他的背殼安慰他說：「來吧，我帶你去找一些美味的小魚小蝦享受一下，順便帶你到這河的四處游一游，讓你熟悉一下這裡的環境！」

「……」阿根趕忙擦掉眼角的淚，微笑地點了點頭。

「啊，對了，我一直忘了問你，你會游泳嗎？」

「會，我會蛙式、自由式。」

「不行，不行！你看過烏龜游蛙式、自由式的嗎？我們烏龜族有烏龜族的游法，我來教你！」說著老人龜邊走向河邊，邊還回過頭來向他笑著說：「你能找到我這個老師算你的福氣，我除了會烏龜式的游法之外，我還會其他烏龜族都不會的『烏龜大翻身』游法，我看你老實，我可以教你，來！」

說完咕嚕一聲，老人龜便溜入河中去了。

現在他正游著的方法，便是所謂「烏龜大翻身」的游法，把腹部翻過來，讓腹甲平貼水面而頭倒過來游著，這樣游，河底的景物由於視角的改變而顯得格外綺麗，這種游法還有一個好處，河底的魚蝦都會以爲他是一塊漂浮水面的木頭而疏忽戒備，甚至游到他身邊來，他便可以安逸地看準時機，一個大翻身衝下去咬住牠們飽食一頓。

阿根今天晚上便以這種方式，四處逍遙地游著捕食，在月光的映照下，他顯得快樂無比，他幾乎忘了，今天晚上烏龜族們將在下游潭邊，召開緊急的臨時大會……。

「叩——叩——叩，爾嗚——爾嗚——爾嗚——」

正當阿根樂不思蜀陶醉在逍遙游的時候，下游突然傳來一陣緊似一陣的緊急召喚聲。

「啊！糟糕！」這陣呼叫聲使他猛然覺醒過來，他慌忙往潭的方向急速游去。

到達潭邊的時候，烏龜族早都已到齊了，正圍著一個大圓圈在岸邊爭論著。

他剛從潭水中冒出頭，便聽到岸上有一隻年輕的人龜正在慷慨陳辭，他的聲音高亢而尖銳，阿根不必看也知道，準又是那隻黃色的小伙子在發狂言了。

「這些水鳥是侵略者，他們再三侵入我們的領域，捕食我們的魚蝦，如果不驅逐他們，這些魚蝦遲早會被捕食光，那時我們的生存一定會面臨問題，所以我們現在一定要打倒這些侵略者！」

「他們有銳利的爪和喙，我們用什麼打倒他們？」老人龜用平穩的聲音回問他。

「用意志啊！用正確堅定不移的精神啊！你們不要那麼儒弱，不要老是當烏龜……」

「你也是烏龜！」他這句話還沒說完，有一隻中年人龜馬上打斷他。

「你既然那麼勇敢，那你來當領袖，你到第一線衝鋒，我們一起來追隨你好了！」大家異口同聲地說。

「那裡那裡那裡……我不行啦！我個子那麼小……」那隻黃色人龜一聽大家這麼說，嚇了一大跳，慌忙把頭縮入殼裡，推拖著說。

「那……他來當前鋒好了……」這時人龜群中有一隻看到阿根從潭水中蹣跚地爬上

來，他尖聲叫著。

「對！對！對……」大家一陣掌聲：「他今天遲到，罰他當前鋒，罰他當前鋒！出發！出發！」

阿根沒來得及弄清楚是怎麼一回事，大夥兒已經一擁而上，把他推回到水中，接著大家也都游入水中來押著他往下游游去。

「幹什麼？幹什麼？」他驚慌地問著身旁的老人龜。

「大家要去對付那群大水鳥，你來遲了，他們投票要你打前鋒啦！」老人龜幽幽地說。

「水鳥？什麼水鳥？」

「前幾天不是向你提過了嗎？最近我們這兒，不知怎地飛來一群夜間水鳥，牠們食量奇大，個性又兇殘，不但吃掉了我們賴以維生的魚蝦，還啄死了幾隻小人龜，今天召集大家開會，就是打算殺一儆百，大家團結起來幹掉牠們的頭頭，那麼重要的會，你竟然遲到了！」

「我今天來得很早哇！我在上游叫你們，你們都還沒來嘛！所以……」

「你不要強辯，你遲到總是事實吧！」那黃色的人龜在一旁猛地插進來一句話。

阿根正待要辯解，老人龜已暗示他不要再說了。

「沒有關係，我會幫你忙，你用不著擔心，大家都會幫你忙⋯⋯。」

聽老人龜一說，阿根只好噤聲不語地跟著他們往下游游去，游了大約一公里左右，到達了一處河灘，烏龜族紛紛由河裡爬上河灘，聚集在那兒向前眺望。

那群龐大的夜鳥就群集在離河灘不遠的河灣地方覓食。

阿根一看到牠們龐大的身軀就嚇慌了，尤其那又尖又長的喙，在月光的映照下，看起來那麼森冷而恐怖。

「我⋯⋯我不幹，我才不當前鋒！」

阿根直打哆嗦地叫著。

「不幹不可以，不幹就斬掉你的尾巴！」黃色的人龜厲聲地叫著。

「斬掉我的尾巴，我也不幹！」阿根看著河灣邊幾副被啄去了身軀、丟棄在那兒的龜殼，顫抖著說。

「你別忘了我們烏龜族的規矩，犯規的人要認分地接受懲罰！」一隻中年的人龜警告說。

「我又沒犯規！」阿根連忙辯解。

「你開會遲到！」黃色的人龜大叫著說。

「我才沒遲到！」阿根也大聲吼回去：「我來的時候，你們根本還沒來！」

「誰看到你了？」黃色人龜緊抓住他的辮子不放說：「當前鋒有什麼好怕的？你別當烏龜縮頭縮尾的！」

「欸！欸！誰縮頭縮尾的？你這小子也犯規，你已經先後兩次侮辱到我們烏龜族了！」那隻中年的人龜用著低沉的聲音警告黃色的人龜。

「對！對！他也犯規，他也要去當前鋒！」有許多隻人龜附和起來，走上前去把那隻黃色人龜推出隊伍之中。

「幹你媽，你別推我！」黃色的人龜向著一隻推他的年輕綠龜吼說。

「你說什麼？你再說一遍，你幹誰的媽？」綠色人龜一聽，氣得衝上去，大罵幾句，一口往黃色人龜的尾巴咬去。

「唉喲！」黃色人龜慘叫一聲，也回過頭來咬住綠色人龜的尾巴，兩隻人龜剎那之間便打成一團。

「你放口，你不准咬我兒子的尾巴！」

緊接著，兩隻人龜的家族也紛紛加人了戰局，十幾隻人龜由河灘打到河裡，在河底翻滾扭打成一團。

阿根一時被眼前的景象嚇住了，他沒有想到平時看起來那麼溫和懦弱的烏龜族，互相殘殺起來，竟如此兇猛而冷酷。因爲撕咬而從他們身上洶湧而出的血，染紅了附近的水域。

阿根不忍心地別開頭，無意中看到老人龜在一旁已經淚流滿面，嘴裡喃喃不已地念著：

「這些混蛋，這些混蛋，內鬥內行，外鬥外行……。」

阿根一聽，一顆心猛地如針刺般的痛了起來，他忍不住也感觸萬端地流下眼淚。

「你們……你們住手！」阿根忍了忍，突然向著打鬥中的烏龜族大聲地吼了起來：「你們別打了，我……我當前鋒！」

大家經他一吼，都紛紛止住了手，浮上河面來，楞楞地看著他。

阿根頭一低，衝入河裡，在水底一個大翻身，把腹甲翻到水面，以倒著的姿勢向烏群的方向悲壯地游去。

「等一下，等一下！」老人龜呼喊著從後面跟著游過來。

奇怪地，這時前面的河裡卻突然亮了起來，刺眼的光芒照射得令他睜不開眼睛。

隱約中，阿根聽到了夜鳥拍翅飛走的聲音，以及背後人龜群們倉惶的驚叫：

「快逃！快逃！電魚的人來了！」

阿根還沒弄清楚是怎麼一回事，頓覺全身猛地一麻，像是被雷電擊中，整個身體無可自主地向著河面打了個大翻滾。

「哇——一隻好大的烏龜！」

這是他最後聽到的一句人的尖叫聲，然後他四腳一伸，便失去了知覺……。

尾聲

最近，小說家阿根猝逝的消息震驚了此地的文壇。

據他太太的描述，他是深夜從報社下班回來，臨睡之前在浴室中暴斃的。

多年來，他臨睡前都有沐浴的習慣，當晚，他也和平常一般進入浴室沐浴，他太太是在半夜裡被他一聲幽長的驚叫聲吵醒的，她走到浴室裡，看見他直挺挺躺在浴池中。可怕的是，他死的時候，整個頭都縮入了胸腔之中，起先他太太以爲他被人砍去了頭，打電話召來警察之後，才發現了事實。

頭縮入胸腔之中的死法太奇特了，法醫驗過屍，仍百思不得其解。

警方原以爲是他殺，但從屍體中卻找不到一絲外傷，後來經由解剖發現：阿根好像是因爲觸電而心臟痲痺死的，但電由那兒來的呢？到現在，警方仍未找到眞正的原因！

唯一讓警方感到有趣的線索是，警方在他書房的桌上找到了一封聯合文學的邀稿信，信紙上有幾滴血跡，那信是由該雜誌的一位彭姓編輯寫來的，大意是希望阿根能爲該雜誌寫一篇具有創意的小說。

信的旁邊，擺開放置著一堆稿紙，顯然阿根死亡當天，已應邀開始起筆寫這一篇小說了。

稿紙上，已然這樣寫了幾行字：

烏龜族　阿根

吳錦發把肥皂沾上水，輕輕地在脖子鎖骨附近抹了抹……。

——原載一九八七年三月號《聯合文學》

2 黃髮三千丈

一

她不明白，她的頭髮爲何會在一夜之間整個變成金黃色。

一早起來，她坐在化妝台前正要攬鏡梳妝，把睡得惺惺忪忪的眼睛一睜開，竟看到自己滿頭的金髮，猛地嚇了一大跳，差點沒從坐著的椅子上摔下來。

她慌忙用雙手緊緊按著胸膛，意圖使自己激烈的心平息下來，免得心臟猛一下從口中跳出；她把眼睛緊緊地閉著，緩慢地做了幾個深呼吸，然後顫抖著再把眼睛一下子揭開。

哇！果然是金黃色！

「Peter, Peter!」她驚駭地走到床前搖撼她猶在睡夢中的美國籍丈夫。

「唔。」搖了好一會兒，她丈夫才迷迷糊糊的醒來。

「Peter, Peter, 你看，我，頭髮變成金黃色的了！」她用著哭喪的聲音焦急地說。

「What?」她先生似乎一時轉不過腦筋來，瞇著眼睛傻愣愣地瞧著她。

「My hair!」她拉著一撮頭髮湊到他的眼前大聲喊著說：「Get golden!」

「唔？」她先生勉力睜大了眼睛，上下打量了她一下，微笑著用英文說：「妳把頭髮染成金黃色？唔，很好看！」

「Peter!」她生氣地在他身上擂了幾拳，硬把他捶醒過來。

「不是染的，我一覺醒來，它就變成金黃色了！」

「Are you joking?」他伸手摸摸她的額頭，狐疑地坐起身來，用著怪異的眼光盯她：「妳是在跟我開玩笑嗎？」

二

頭髮突然從黑色轉變爲金黃色這件異事，馬上困擾了女作家牛建台。

起先她想她一定得了夢遊症，半夜裡起來染髮而不自知，但是染頭髮照說也得用上染髮劑才成啊，才二十坪大的房子，要找一件東西並不是頂難的事，於是她慌忙找遍了房子每一個角落，卻沒有找到染髮的容器，所以夢遊這個推測顯然無法找到可以成立的證據。

那麼，我有可能是得了人格解離的病症嗎？

這麼一想，一陣冷意迅即竄上她的心頭，她不期然想起多年前在一本變態心理學書籍裡看到的有關「多重人格者」的介紹。書上說：這種病症的嚴重患者，常自我分裂成幾種不同的人格而不自知。就譬如多年前一部名叫「三面夏娃」的影片所描述的一個女主角分裂成三種人格，白天是端莊的家庭主婦、女教師，晚上則變成蕩婦，她輪番扮演著這三種角色而完全沒有自覺。

那麼，我——是在分裂的狀況下，以另一角色去染了髮嗎？

愈往這個方向去聯想，女作家牛建台就愈發慌亂起來，因爲在她的意識思考裡，得到精神方面的病症並不是完全不可能的事。

許多年以前，當她剛從台灣的大學畢業遠赴美國留學的時候，就曾因爲文化的調適以及社會認同的困難，而得過輕微的精神病症。

她還很清楚地記得那次得病的情形，那時她剛到美國，進入B大攻讀比較文學的學位，在那所大學裡，她馬上就被那兒的自由風氣給嚇壞了，她覺得自己好像驀地闖入了一個奇妙而怪異的國度。

每天走在校園裡，總有讓她驚訝萬分、目不暇接的發現：譬如，草坪上總是有人脫光了衣服在曬太陽，男女學生在大庭廣衆面前擁吻如入無人之境，中午時間有人站在街道當中演講，剃光頭唸經膜拜的怪學生坐在人行道上大聲吟唱，也有因爲怕車子被偷，扛著腳踏車前輪到教室上課的，還有沒有錢吃飯而在垃圾桶中找東西吃的學生，更可怕的是，竟然也有人在廁所洗手枱前洗澡……。

凡此種種，每天的發現都給她內心帶來巨大的衝擊，而在這些怪異的學術風氣中，最令她無法忍受的還是那兒課堂裡的上課方式。

她以前做夢也沒有想到，大學生竟然可以穿拖鞋蹺起腿坐在教授面前上課，並且聽到教授講課內容和自己的思考方式稍有不吻合，就站起來大聲地和他辯論，雖然絕大部分的時候，教授的學養都能使學生口服心服。但是，偶而也有例外的時候；令她最難忘的一次是：有一位教英國文學的男教授，在教授莎士比亞戲劇的時候，無意中引用了莎士比亞一句對女性頗爲不敬的詩句，並且還加以引申論述一番，沒想到就有一個黑人女學生馬上站起來駁斥他，兩個人辯論得很激烈，接著在座的所有學生，白種的、黃種的、黑種的、紅種的，除了她，都一一站起來用犀利的言詞向那位教授展開批判，直到最後，那個教授啞口無言，當場向所有的學生們爲他的失言道歉，並且解釋，在某些觀念上，偉大如莎士比亞也難免有他的偏見。

那堂激烈的辯論，使她當場目瞪口呆，她簡直無法相信她所看到的和她所聽到的。這些學生對教授這麼不禮貌，難道她們不怕被冠上「對師長不敬」的罪名而受到處罰嗎？她們不怕被記過嗎？或者……她們這些舉動不怕被教官以「鼓動學潮」的名義找上麻煩嗎？

（現在自己想想也覺得可笑，當時她以爲全世界的大學都設有教官的制度，她無法想像，沒有教官的領導，學校的秩序如何能維持？）

以她在台灣受教育的經驗，她認定美國大學的這種自由風氣簡直是瘋狂！甚至後來，她慢慢發現，不但是大學，那裡的中學、小學似乎也都是如此開放的；她參觀過一所正在推行實驗性教學的小學，那所小學的學生沒有上課和下課的時間，他們只要準時到校，準時放學，全部在校園裡的時間，他們可以絕對的自由，學校開有各種科目的課，學生可以隨時進入他想聽講的教室上課，也可以隨時離開那個教室，可以一整天上同一堂課，也可以一整天在操場上玩，因爲這種教學的基本理論是：

如果強迫孩子學他沒興趣的事物，學了也是白學！

「只要你願意，只要不損害別人的意願，你可以依自己的興趣做任何事情。」

她漸漸領悟到，這似乎就是那個社會的特徵，絕對的開放，絕對的自由。但是這些在她歷經二十五年塑造下形成的「台灣模式」心靈裡，卻覺得一切都是「絕對的瘋狂」！

她覺得這種美國人自稱爲民主與自由的社會，對她來說卻時時帶給她無以排遣的焦慮與不安全感，置身那樣的社會，她覺得自己好似一條被從深海中打撈上來的魚，或者，像被拘禁多年，突然從鳥籠中釋放到大自然中的鳥兒一般；沒有壓力的海面，沒有拘束的大自然界，非但沒有給予她解放的喜悅，反而帶給她寸步難行的窘困。

回去吧，再不回去遲早要被這個社會逼瘋！

好多次，她都忍不住想束裝返回台灣，但每一次也都在到達飛機場時又改變了主意，她想到，如果就這麼回去，學位沒拿到，住在眷區裡省吃儉用了一輩子，時刻盼望她衣錦榮歸的雙親不知道將會多麼失望。

想著，想著，她只好又忍痛留了下來。

她的精神病症狀便是在這個時候逐漸呈現出來的。

也不確切知道是哪一天開始的，她莫名其妙地，好似經常聽到有兩種聲音在耳畔爭吵，一個尖銳高亢，一個低沉哀傷；起先她以爲那只是她想像的聲音，但漸漸地，她又覺得那種聲音似乎並不只是想像，而是實質存在的，尤其每當夜深人靜、將睡未睡之際，那爭吵的聲音似乎就愈發厲害起來，更奇妙的是，在「她們」爭吵得愈來愈厲害時，她竟會突然覺得好似有另一個「我」非常冷靜、清楚地站在「她們」的「附近」，冷冷地聆聽「她們」的爭吵。

更令她覺得毛骨悚然的是：那激烈的爭吵聲，到了最後竟猛一下變成一陣陣密集的鑼鼓鐃鈸聲，那種一波緊接一波的聲浪，一會由遠而近，一會又由近而遠，仔細聆聽之下，覺得那就像……就像小時候在家鄉廟口聽到的皮影戲開演之前的鑼鼓點子……。

哇——，大部分的時候，她都會在自覺精神瀕臨崩潰的邊緣，大喊一聲清醒過來。

醒來之後，她便發現自己渾身冷汗，簌簌不已的顫抖，她趕緊拉起棉被把自己緊緊裹住，但是那寒意卻似乎是發自骨髓深處似的，她愈裹得緊，那冷意愈發來得厲害了，終了，每一次，她都不自禁地把頭朝下頂著床墊，屁股蹺得高高的，把全身重量放在頭頂上，以著這種好似想鑽透床墊鑽入地下的姿勢，那激動的情緒才漸漸得以平息……。

我生病了嗎？

她爲自己日益怪異的感受感到害怕起來。

她心慌意亂地到圖書館去找，找了一些有關精神醫學的書來參考，當她看到有關精神分裂症中「幻聽」的症狀描述時，整個人猛一下癱了下來。

我……我那種情況就是「幻聽」的症候吧？

她在圖書館裡呆坐了好一會，才臉色蒼白地衝了出去。她在校園中像瘋狂了一般奮力奔馳，衝出校門，她打算一頭撞死在馬路上。

她跑著跑著……無意之間，在校門口碰到他的心理學教授，也就是她現在的丈夫——彼得，彼得看她神色慌張而怪異，忙把她拉了下來。

這一拉終於把她從死神的懷中拉了回來，彼得把她送回家，並且耐心的問明原因。

從那天起，彼得天天來陪她，每個禮拜還帶她去看心理醫生。

在心理醫師那兒，她漸漸地把多時以來內心的衝突與痛苦完全宣洩了出來，而且從醫師那兒，她也了解到自己的病情似乎並不嚴重，那自己認爲是「幻聽」的症候好似並不明確是如此。

終究還是想像的成份多吧！

在彼得的鼓勵及醫生耐心的治療之下，她吃了一段時間的藥物，很快的，她自覺到自己已完全康復，那半夜裡常在耳邊出現的爭吵與鑼鼓點子，漸漸地已不再出現在她的耳際。

就在她感到精神日漸痊癒的過程中，她很驚訝發現，在彼得的輔導協助下，剛來美國時的那些矛盾、衝突，逐漸在心中平息了下來，她隱然覺得自己像經歷過一次奇蹟一般，整個人都脫胎換骨了，她漸漸地發現她敢在課堂上和教授激烈辯論了，聽到或看到不平的事，她也敢挺身出來抨擊，她甚至參加了校園裡的反戰、反核、反南非種族隔離政策的示威行動。

她逐漸明白，她愈離開她那個出生的地方愈遠，而離她現在生存的地方愈近了。說得更明白一些，她在思想觀念上離她退伍軍人的父親以及家鄉學校教的那一套愈來愈遠，而離彼得教她的愈近了……

這樣的改變使她感到有如大夢初醒，她覺得生平第一次在人生的路途上找到了「自己」的位置，她逐漸明白了做爲一個有尊嚴的「人」是怎麼一回事，也明白了她以前生活過的社會是怎麼一回事……。

如果說人生是一幕戲劇的話，那麼彼得可以說是爲她拉開序幕，使她開始看清人生舞台的啓幕人。

三

這麼睿智而博學的丈夫，在早餐桌上仔細聽了她的頭髮在一夜之間突然變成金黃色的異事，也一時目瞪口呆起來。

他用一種非常奇異的神色不斷地打量她，並且用各種問題試探她。

他這種舉止突然使她惱怒起來，她向她的先生大聲吼了一句：

「Peter！你，不要用那種眼光看我！」

「唔？」

「我知道，你以爲我又瘋了是不是？」她又氣又憤又哀傷地說。

「……」他愣了一會，把身子向桌前傾，伸手想摸她的額頭。

啪！她生氣地把他伸過來的手打開。

他似乎領悟到她的確很清醒。

「……」他長長地舒了一口氣，把身子向後斜靠在椅背上，閉起雙眼，用兩手拇指不斷搓揉著太陽穴，苦苦地思索起來。

「Peter! Peter! 你看我……我怎麼辦？」

她語調悽慘地說，捧著咖啡杯的手不斷輕顫起來。

「……」她丈夫依舊緊閉著雙眼。

「……」她輕輕啜了一口咖啡，儘量把惶急的一顆心平靜下來。

「Peter!」她以著極盡溫柔的聲調叫他。

「……」他似乎想到了什麼，驀地把雙眼睜開，迅即站起來向臥室走去。

「……」她訝異地把咖啡杯放下，也從後面跟了進去。剛走到門口，她突然看到她先生拿了一把剪刀走出來。

「啊——」她看到他先生一跨步走過來抓住她的手臂，她嚇得尖叫一聲猛往後退：「你要幹什麼？」

「茱麗，茱麗，妳別誤會。」她先生笑著安撫她：「我只不過想剪一點妳的頭髮到醫院檢驗看看。」

「哦。」她鬆了一口氣，站定下來猛拍胸口：「你差點嚇壞我了！」

「妳眞是大驚小怪。」她先生笑著拍拍她的肩膀，用左手捻起一小撮她的髮「咔嚓」

剪下來，拿到餐桌上，用著當天的報紙把它包起來。

她先生匆匆地穿好衣服，把那一小包頭髮放入公事包裡，然後捧起她的臉，在她額上親了一下，微笑地向她說：

「妳不要緊張，我看妳是沒有什麼，我去找Docter楊問問看，到底是怎麼一回事？」

「我跟你一塊去！」她急著說。

「No.」他邊往門口走，邊回過身來指著嬰兒床裡的嬰兒：「Baby!」

四

彼得出去之後，她愣愣地坐在餐桌前好一會兒，無意中她看到壁上的鐘，發現已過了給孩子吃奶的時間，小傢伙不安份地在嬰兒床裡咿咿唔唔拳打腳踢起來，她知道她要不趕快料理他，馬上他就要哭聲震天了。

東弄弄西摸摸，忙了大概一個多小時，總算把奶餵飽，尿片換妥，讓他再重新睡回去了。

她坐在嬰兒床旁，看著呼吸平勻的孩子，那溫馨的小臉孔帶給她心中一絲暖意。

多麼美的小傢伙，就像小天使一般。

她陶醉地欣賞著沉睡中的兒子，忍不住伸手去逗弄他的臉蛋，孩子警覺地把臉皺了起來，眉頭微微地糾結著。「哦，哦，哦。」她怕他醒了，慌忙把手縮了回去，輕聲地哄他。

「嘻。」看他鬆了鬆眉頭再次安詳墜入夢境中，她忍不住滿足地輕笑起來。

「小傢伙！」她親切地在心中咕噥著。

心中忍不住卻想起兩個多月前，她曾經為他的降生付出多大的痛苦啊。

產前的陣痛就足足折騰了她兩天一夜，受了那麼大的痛苦猶無法使他平安的來到這個世間，頭都冒出來了，這小傢伙，手卻在裡面張開了，撐住了產門，最後不得不在腹部手術，開一道血門把他從子宮「拖」出來。

我的孩子，這是我們父祖們生存過的國度啊，為了讓你在這塊母親摯愛的土地上出生，媽媽費盡了太多的心血啊。

但是你……你卻那麼心不甘情不願地在這兒降生嗎？

她躺在病床上等待復元的時刻裡，時而清醒時而迷糊地，竟讓這奇怪的想法在腦海中一直纏繞著。

她不明白，當時爲什麼一直把孩子的難產聯想成是「他不願意來到這個地方」。這也許和她產前的心境有關吧。

在生產前的一個月，她的心眞是鬱悶極了，原因是她莫名其妙地竟突然招到了國內報紙的圍剿，圍剿她的因素，就算現在回想起來，她仍覺得荒唐透頂。

那些狠毒的圍剿文章，都是肇因於她寫的一本書，那本名叫《春火集》的社會批評雜文集。

原先，她並沒有意思把它集成一本書出版的，收在那書裡的文章大都是她在一家報紙副刊隨興投稿而發表出來的；寫這些短文的原始動機其實很單純，由於這些年來她雖然人在美國，但心裡卻一直熱愛著這個自己出生成長的島嶼，所以在她拿到學位之後，她便答應接受母校的邀請，回來當客座教授三年，回國來的這段時間，她看到了多年前當她離開台灣時的一些社會問題，在這幾年之中非但沒有改善，而且還有變本加厲的情形，於是基於愛深責切的心思，她以著學人報國的心情憂憤地寫下了一篇〈同胞們，你們爲什麼不生氣？〉的短文投到某報的副刊去，沒想到這篇文章在不到一個星期的時間內就發表出來了，而且很意外地竟獲得了熱烈的迴響，大批信件從報社轉過來，她拆閱信件，發現那裡面大都是一些年輕的大學生寫給她的，那些信連她是先生或小姐都弄不清楚，信裡的內容除了對她那篇文章所散發的道德勇氣表示敬佩之外，還同時道出了他們對於這個社會的種種憂心，他們都希望她繼續寫稿，冀望她把他們的心聲寫出來。

這些信件大大的感動了她的心，好幾封信她都是在淚眼滂沱之中看完。

看到了這些年輕人的信，彷彿她就看到了一群群躲藏在校園暗處吶喊的年輕的臉，他們的激情與憂心，使她不期然地聯想到她在B大求學時，那個站起來大聲和教授辯論的女黑人大學生的神情和臉顏，相對於這個女黑人大學生，我們的大學生真像溫馴的綿羊。

於是在那種心情下，她接連寫下了〈不要做溫馴的綿羊〉〈托兒所大學〉〈生皮膚病的龍〉〈歐威爾的國度〉〈你媽媽的，和他爸爸的！〉……一篇比一篇犀利的文章在那家報紙副刊上陸續刊載出來，此地平靜的文化圈，由於這個專欄的出現，好像一下子便沸騰起來了，讀者的信成千上萬從報社轉來，把她的書桌都堆滿了，報社親自派專人來向她催稿，他們說由於她的文章，報紙的份數在短短的幾個月內有大量的成長。

但是眞正令她繼續寫下去的，倒不是報社對她的禮遇，而是那些接二連三湧到的青年們的來信。

「牛教授，你的文章深深的感動了我們，我們常常在學校宿舍圍著讀妳的《春火集》，邊讀邊流眼淚，我們都很想替這個社會奉獻我們的心力，但是我們應該怎麼做呢？」

嗯，懂得流眼淚總是好的，會感動得流眼淚，表示那顆心還沒有死亡。她想。

「牛教授，我們把妳的文章複印了好多份，我們把它在校園裡到處張貼，佈告欄、走廊上、銅像底下，甚至廁所牆壁上也不放過……」

把我的文章貼在廁所牆壁上嗎？這是恭維還是侮辱？這個年輕人眞是……莽撞！不過，這不就代表他的眞摯和沒有心機嗎？

她看著信，忍不住輕笑了起來。

這些信，一封一封看下去，一顆心深深被他們誠摯的心意撼動了。

沒想到我竟也可以透過一支筆給予生我育我的社會那麼大的回報呢！

每當看完這些信，她心中就有一股溫馨的什麼緊緊地擁抱著。

於是，她便更加奮力寫、寫、寫……。

只要能爲我的同胞做一些有益的事，就是嘔心瀝血也在所不惜。她常這樣想。

「牛建台旋風」，她也不知道什麼時候開始，這樣的名詞突然出現在報章雜誌上，印象中，起先好似是某一家出版雜誌率先引用的。

由於她的《春火集》結集出書，連續半年多一直名列暢銷書排行榜第一名，在短短的時間內銷售了幾十版，所以那家出版雜誌便以這個觸目驚心的字眼來形容這風潮。

據出版她書的出版社向她說，她的文章的確像一陣銳不可擋的「旋風」，她的《春火集》不但在出版界、思想界、教育界，甚至在企業界以及某些單位中都颳起了一陣旋風，教育界的人士還特地開了一場座談會，討論這一陣旋風會給我們乖巧的學生帶來什麼樣的影響？正面的或負面的？企業界則在討論這本書爲什麼會暢銷？它代表了怎樣的一種市場心態？至於某些單位，他們一向的想法很神祕，不太爲人所了解，不過，她從側面所感受的訊息是，他們正在調查「牛建台」是什麼人？本省人或外省人？她的家庭背景如何？寫這些文章有什麼野心？在國外時有否和「陰謀分子」掛勾……等等資料。

總之，她想，她無意中颳起的這陣旋風，一定是把許多人颳昏頭了，所以有些具有「誇大妄想」傾向的人就開始緊張了，他們大概覺得昏頭的人群需要清醒一下。

於是，有一天，一個叫「夏雨集」的專欄開始在某報副刊出現了，接著「冬雪集」「秋霜集」說也巧合，在同一時間內在各報副刊紛紛出現，雨也好、雪也好、霜也好，看字義便明白，大概都不外乎要把她那「春火」澆熄，免得它燒得此地年輕人春心大動。

懷孕期間讓她感到心寒鬱悶的，便是這些攻訐的文章，這些文章無一針對她的立論提出理性的反駁，而卻以「妓女」「二毛子」「陰謀份子」……等等嚇人的帽子壓她。令她更痛心的是：有人竟寄「冥紙」「衛生紙」給她，寄「冥紙」她還懂得意思，但是寄「衛生紙」呢？是要替那「妓女」之詞附加意思嗎？這是怎樣的一種心靈呢？因爲她的批評刺中了這個社會的痛處，而就寄衛生紙給一個女人嗎？什麼民族才會擁有這樣的心靈呢？

她確實感到噬心般的痛苦了，多少年來，當她私下思考著自己認同的民族的時候，她還安慰著自己，她的民族雖然是一時積弱，但他終究是高貴的，講仁愛、恕道的民族，在美國求學期間，有一次有個社會學教授批判中國民族性的自私、狹隘與殘忍時，她曾馬上站起來和他辯論，並要人家當面道歉；但如今呢？從這些攻訐的文章看起來，她認同的中國人不正就是這樣的民族嗎？動不動罵人「妓女」並寄「冥紙」「衛生紙」給一個女人的種族，她實在無法說服自己那是一個「高貴」的民族。

「既然要給外國人X，那就去當妳的二毛子吧，不要點火燒自己的家門！」

那文章這樣罵她；是嗎？嫁了外國人就是二毛子嗎？嫁了外國人就成了「妓女」嗎？就不配再愛這個社會嗎？就使這個民族蒙羞嗎？再做批評就變成是點火燒自己的家門嗎？

啊，這是一種怎樣的族類？

她看著安睡的孩子，原本喜悅的心，便一步一步因著自己的思考而陷入痛苦的深淵中去了。

就是在那麼痛苦的心境下生下這個孩子的。無怪乎在難產的時刻裡，自己竟會想著：這孩子是不願意來到這個世間吧？不，或許應該這麼說，他……冥冥之中不願意生在這樣的社會中吧！

啊、啊，但是從腹部血門走出來的，我的孩子，卻是黑頭髮、黑眼睛呢，他確是和我一樣，是「龍」的種族呢！

這個污濁而又神聖的族類哪！

她坐在嬰兒的旁邊，想著想著，看著孩子閃閃發散黑色亮光的髮，竟忍不住淚流漣漣了……

五

她先生送去醫院檢查的頭髮，很快地，檢驗報告便出來了，檢驗報告的內容使她和她先生都嚇了一大跳。

醫生說，頭髮並沒有經過化學藥品染色，而是實實在在的黃頭髮，換句話說，那頭髮本身就含有金黃色的基素，她的黃髮和一般外國人的黃頭髮在質地結構上並沒有兩樣。

但爲什麼一個黑頭髮的人會在一夜之間變成滿頭的黃髮呢？就連醫生都覺得不可思議起來！然而，更令她感到恐懼的是，黃頭髮並沒有因爲在醫學上找不到成立的根據而在她的頭上停止生長。

而且很奇怪，那黃髮竟像春天的藤蔓，長得奇快無比。

一個星期不到的時間，竟然披垂到腰間。

她和她的先生彼得，都被這個奇異的事蹟嚇慌了；她一刻也冷靜不下來，催著彼得四處去向各醫院的名醫請教到底是怎麼一回事？但是得到的回答都是令她失望的，沒有一個醫生曾經碰到過這種怪病例，他們都一致認爲她先生是在開玩笑。

她的先生一直勸慰她，叫她到醫院做一次精密的全身健康檢查，以探究她的身上到底發生了什麼樣的怪事。

但是她抵死也不願意，她怕如果親自到醫院去檢查，萬一消息走漏到新聞界（這麼奇特的病例，她相信一定會成爲新聞），一經報導出來，她一定會遭受更多不堪的嘲弄。不是嗎？那些罵她「妓女」「二毛子」的人，長久以來，不就正等待著這樣的機會嗎？他們一定會緊揪住她的辮子，無情的加以鞭笞。

她可以想像得到，這些人一旦知道她黑髮變黃髮的事，他們一定會更加振振有辭說：

你們看哪，我們罵她「洋奴」「二毛子」可有什麼錯？她現在連頭髮都染成黃色了，她恐怕連眼珠也巴不得染成藍色呢！

如果，那些……這樣指責她，她要如何回答？告訴他們她的頭髮不是染的，而是一夜之間變成黃色的嗎？

她感到眞正的痛苦了，她對於頭髮變成黃色可能帶來的後果感到憂心忡忡，「絕望」正一寸一寸地蠶食著她的心。

剪掉它！

最後她只好做了這樣無奈的決定。

她打算把這一頭黃髮徹底理光，然後戴一頂黑色的假髮去學校上課。

因爲她的產假早已滿了，她不希望帶著那一頭黃髮去上課，免得嚇壞了她的學生。

但是奇異的是，她剛把那頭黃髮理光，才一夜的工夫，第二天，她一起床，霍然發現，那髮，那綿綿密密蜷曲如金黃色的蛇般的髮，竟又……像變魔術一般從頭上冒出來，逾越過她的腰際，直長到腳底那麼長了。

啊，啊，我的天哪——。

她不得不徹底感到絕望而哀鳴起來。

現在她已辭去了她的教職，從早到晚躲在家裡，爲了她一日比一日嚴重泛濫的黃髮感到哀傷極了。

當然，她已不再寫什麼嘮什子《春火集》了，她已不再有任何心情寫這些東西，因爲現在困擾著她的，已不只是她自己的滿頭黃髮了。

最近，她意外發現，那猶躺在嬰兒床裡的兒子，也奇異地掉光了頭髮，黑色的頭髮在幾天之內就失去了蹤跡，而從他光禿禿的小腦袋上迅速冒出來的，竟是不斷地在陽光下閃耀著金光的黃髮！

他，他，他……很快也會和我一樣，變成黃髮三千丈吧！

如此想著，女作家牛建台，終於忍不住抱著她的孩子，在晨風中放聲大哭起來……。

六、外一章

小說編到這兒，我再也編不下去了，以上的故事，只是我以滿腔孤憤信手寫下來的。我是一個初習寫小說的學生，我不知道結構一篇小說需要怎麼樣的技巧，所以我知道我以上所寫的東西，甚至連觀點語言、時間跳接都是錯誤百出的。

但，因爲我恰巧是女作家牛建台的鄰居，最近，我在偶然的機會下，知道了她被某一些人逼迫得頭髮在一夜之間由黑變黃的傳奇故事，我的一顆心終夜充滿了無以排遣的悲哀。所以我利用不眠的夜晚，爬起來寫了這樣一篇小說。

我親愛的朋友們！我這篇小說雖然寫得亂七八糟，但是，你們……你們從我的小說中難道看不出，一個硬把人從黑髮逼成黃髮的社會是如何可悲嗎？

（本文大部分屬於虛構，如有部分巧合，唉，那我也沒有辦法。）

——原載於一九八六年七月二～三日《自立晚報》

3 消失的男性

一

當欲奔無意間發現右邊腋下那根羽毛的時候，起先並不特別注意。

他低頭仔細端詳了一會兒臂腋下方，光滑的皮膚上長著的，顯然並不是一根平凡的人的毛髮，細細長長的，有著硬的毛梗，而且還散發出亮麗的寶藍的顏色，那……那似乎不折不扣是一根鳥的羽毛。

不小心從那隻鳥的身上沾到的吧？欲奔蠻不在乎地想著，把手臂在浴室的蓮蓬底下舉得高高的，側過身來讓水柱直接沖射到腋下，強勁的水柱沖激著那根羽毛的位置，那根羽毛卻仍好端端地黏附在他的右腋下，他好奇地用手一拉，隨著被拉動的羽毛，腋下的皮膚蓬了起來，而且還感到一絲痛意。

那……是從皮膚下面長出來的嗎？

這個奇異的念頭電光石火般閃過他的腦際，欲奔只覺猛地像觸了電一般，全身一顫，嘴巴張得大大地，楞立在那兒。

蓮蓬的水大量沖射而下，沖到他的頭上、嘴裡，使得他的眼睛一時睁不開來。從人的肉體中長出鳥的羽毛？那確是一件駭人聽聞的事，是在做夢嗎？他把手指慢慢舉到口際，狠狠地，一咬，一絲蛇噬般的痛意掠過心頭。

哇——他仰起頭狂叫了一聲，瘋狂地衝出浴室，衝到臥室的床上，像驚慌逃竄的鵪鶉一般，一頭鑽進棉被裡面，把整個身子用棉被緊緊地包裹起來，簌簌不已地顫抖。

怎……怎麼會這樣呢？他心裡不由自主地湧起陣陣的寒意，那寒意細幽幽地沿著背脊像蛇一般攀附蜿蜒而上，倏地，便竄升到腦門上，使得他整個頭皮都發麻起來。

應該去看看醫生吧！欲奔在棉被裡顫慄了好一會兒之後，終於這樣告訴了自己，於是迅即掀開棉被從床上跳了下來，慌慌亂亂穿好衣服，便騎著摩托車出去了。

他在街上繞了許久，因爲他一時也拿不定主意到底應該去看哪一科，內科嗎？外科嗎？皮膚科嗎？毛髮的病變大概和內分泌有關係吧，於是他便找到一家有名的私立醫院，掛了急診，看內分泌科的醫生。

「唔？」那個老醫生似乎也覺得驚奇，用著放大鏡仔細端詳了好一會兒，突然向著配藥室裡正在替病人準備針藥的護士說：「喂，Miss陳，妳來看一看，我當醫生這麼久，還真從來沒看過這樣的病例咧。」

那名俏美的護士聞言輕笑地放下針筒走過來，瞟了他一眼，彎下腰來仔細端詳著他的腋下。

被年輕的女人這樣看著裸露的腋下，他覺得整個臉部都發燙起來，忙把臉別過一邊去。

「喲——」那名護士驚叫了一聲，「鳥……鳥的羽毛嘛！」

由於她的叫聲過於高尖，以致在外面候診的病人也紛紛探頭進來。

他慌忙將手臂放下，把衣服穿起來，那名護士的大聲嚷嚷，使他突然惱怒起來，好似自己極端的隱私被人家毫不留情當眾揭開了一般。

那名護士似乎也了悟到自己的失態，紅著臉轉身走回配藥間繼續準備針藥，眼睛卻還一瞟一瞟直往他看。

「什麼時候發現的？」老醫生把放大鏡放下來，溫煦地笑問他。

「今天，我賞鳥回來以後，正在洗著澡，無意間看到腋下胸側不知什麼時候長出了這根……」他用著顫抖的聲音說。

「你不要緊張，長根羽毛也沒有什麼關係，對你也沒有什麼傷害嘛！對不對？」老醫師拍拍他的肩膀安慰他說：「不過……我要老實告訴你，這個……我因爲不了解病因，我沒辦法替你開藥，我看……你這個大概要看看皮膚科比較恰當。」

老醫生把話說清楚了，欲奔沒再多問什麼，掉頭就走了出去……

二

當天晚上，欲奔向服務的報社請了假，沒去上班。

他把那根羽毛從腋下用剪刀剪下來，然後搬出一大堆中、英文的鳥書，坐在床上照著翻看，檢查看看有沒有擁有和這根羽毛雷同的鳥類，他花了一整個晚上的時間，當他無意間翻到雁鴨科的鳥類介紹，看到對於他一向熟悉的野鴨（綠頭鴨）的圖文說明時，不禁全身打了一個冷顫，因爲他看到了幾幀彩色的外國另一品種的野鴨圖片，其中有一幀是一隻野鴨站在西伯利亞某一處湖濱正張開著翅膀拍動的圖片，從照片中可以清楚地辨明，他胸側長出的這根羽毛，正和這隻野鴨胸側的羽毛一模一樣。

欲奔的心一下子便摔入了冰谷底，他實在無法明白爲什麼會在他身上發生那麼可怕的事，怎……怎麼會在身上長出野鴨的羽毛？他幾乎是用顫慄不已的手，把鳥書一本一本放回書架中，然後頹然地仰臥床上，簌簌不已地顫抖。

很奇異地，這時他腦海中竟浮現出某一部電影的情節來，他記得曾看過一部叫「美國狼人」的影片，片中有一個人被狼的幽靈附了體，每到月圓時分，他就變成猙獰的狼人出來殺人、吸食人的血。「那麼……那麼我之所以長出鳥的羽毛，也是因爲無意中被鳥的惡靈附了體嗎？我……我會不會終於也變成……變成一隻鳥？」

「鳥」這個字閃過腦際之時，欲奔驀然覺得腦海裡轟然一聲巨響，好似冷不防地被誰當頭打了一棒一般，他全身一陣抽搐，接著汗如漿下，一剎時，全身衣服都被冷汗浸溼了。

他顫危危地起來換過衣服，在換內衣褲的時候，他一直覺得左邊胸側奇癢無比，他忍不住用右手抓一抓，抓了好一會兒，覺得癢意並沒有消除，反而愈發癢到骨髓裡一般，他低頭一看，抓過的地方，皮膚紅腫了一片，一顆一顆痱子一樣的東西鼓了起來，可怕的是，在痱子的上面，好像有幾根藍色的……，蠕蠕顫動，正要冒出膚面長出來了，他

「哇——」地慘叫一聲，當場昏倒在地上……。

三

接連幾天，他都向服務的報社告了假。

他這幾天可眞是忙壞了，忙著到處看醫生，因爲他兩邊胸側的羽毛又長出了好幾根，他簡直嚇慌了，每一科的醫生他都去看，但是每一科的醫生都被他的病例嚇了一跳，他們都異口同聲地表示「從沒有見過這樣的病歷」，醫生們的證言更加深了他內心的恐懼，他被自己正日漸變成「一隻鳥」的幻想折磨得幾乎要瘋狂了，雖然以前也常幻想自己變成一隻鳥在空中翱翔，但那充其量不過是在賞鳥的時候，看著鳥兒在空中自由自在地飛行，而心裡生了欽羨之意而已，但是目下的情形卻嚴重多了，從胸側沿兩肋蔓延而下，紛紛長出了羽毛，眼看著如果再找不到高明的醫生尋出病因，予以治療的話，恐怕在短期間之內，他就眞的要變成名符其實的「鳥人」了。

欲奔在看了各科醫生都不得要領之後，終於被迫去看了一個有名的精神科醫生，這個精神科醫生姓鄭，是留學英國倫敦大學的博士，據說他除了有淵博的精神醫學的專業知識之外，他還是一個對靈學有相當研究的醫生，他對於某些精神病患者的怪異治療方法，早已聞名中外，傳聞曾經有幾個久病不癒的精神分裂症者，竟奇蹟般地被他用「驅魔」的手法治癒了，所以私下裡也有同行偷偷笑他是「江湖仙仔博士」，意思是說他：怎麼英國留學的博士也用乩童這一套？

欲奔倒不在乎他是怎麼一個醫生，甚至聽到關於他的一些怪異的傳聞之後，內心裡馬上湧出一線得救的期望來。

怪病就要找怪醫生，普天之下恐怕也只有他治得了我的病吧！

欲奔滿懷著希望，包了一輛車趕到他郊區的診所去求診，因爲醫生白天在大醫院工作，只有晚上的時候才在自己家裡看一些熟識的病人，欲奔到那兒的時候，已經是晚上八點鐘了。

看到這個醫生的外型，就知這他果然是個怪異的人，臉型清瘦狹長，卻帶了副過大的深度近視眼鏡，嘴裡叼著一根黑桃木的紳士煙斗，三十五、六歲的光景，卻留了一頭希特勒似的髮，藏在深度鏡片後的，是一雙深邃有神卻又帶點頑童意味的眼睛，更妙的是，他竟然穿著花色的短褲頭，白鷺鷥般瘦長的腿到處爬滿黑而鬈曲的腿毛，白色的襪子拉到接近膝蓋的地方，一雙黃皮鞋似乎過大過重地拖在腳底上，「抬得起腿來走路嗎？」看著那雙瘦腿和那皮鞋的比例，你忍不住一定會這麼想。
似乎眞的是一個莫測高深的人，欲奔這麼想，另一方面又同時爲他那頑童似的笑容深深吸引住了。
「請進來，請進來。」醫生客氣地招呼說。
「……」欲奔在玄關中脫了鞋子，低頭走了進去。
「請坐！」醫生引領他到客廳，示意他在沙發上坐下來。
欲奔坐下來的同時，眼睛向四處很快地瀏覽了一下，發現客廳牆壁上掛了一些內容很奇怪的油畫，馬頭、牛頭，還有一幅畫著大大的人頭，像蛇一般扭曲細長的脖子，面部顯出非常痛苦的表情，嘴巴張得大大地，隱然之間還似乎可以看到，那因痛苦吶喊而在喉嚨深處顫抖不已的深紅色的舌頭……。
由於是夜晚的緣故，這些畫配置在客廳的牆上，散發出極端怪異的氛圍，使人乍睹之下，不禁有不寒而慄的感覺。
「哦，那都是我的病人畫的作品！」醫生似乎也注意到了他的感受，溫文地笑著，在他的對面坐了下來，邊坐邊把煙斗從嘴角裡拿下，在煙灰缸上輕輕地敲著。
「……」欲奔聽到他說「病人」兩個字，突然變得不自在起來，不停地用右手壓捏著左手。

「你就是李欲奔先生嗎？」醫生把敲過的煙斗用銅的煙挖子輕輕地挖著。

「嗨。」他有些漫不經心地回答。

「我以前見過你。」醫生微笑著說，溫煦又不失銳利的眼神從眼鏡背後透射了出來。

「唔？」他嚇了一大跳，停止了手上的動作。

「我想你是記不起來了，在七、八年前，我還沒去英國唸書，我曾經在你服務的報社看過你！」

「在報社看過我？」

「那個時候……我和你們副刊主編很熟，我常替你們編的副刊翻譯一些拉丁美洲、非洲的詩，我的筆名叫鄭雅……」。

「哦，哦，你就是鄭雅啊？」

「想起來啦？哈……」醫生大笑了幾聲，邊從桌上的煙盒中捏出一些煙絲裝在煙斗上邊說：「一眨眼就七、八年了，眞快啊，我記得那個時候，你還在副刊當編輯……」

「現在也還是在當小編輯。」

「噯！說起來你大概不信，這些年來我還常唸你的詩咧，我一直很喜歡你的詩。」

醫生裝好了煙斗，拿起來叼在嘴上，點燃，吸了吸，吐出一口煙霧。

「這倒令我覺得意外，不過……眞不好意思，這麼多年了你變得那麼多，我眞……眞一下子認不出你來了。」

「要不是你早上給我電話說你叫李欲奔，我也不會一眼就認出你，因爲一直在看你的詩嘛，所以可以這麼說：對你似乎一直都很熟悉。」

「哦，哦。」不知怎地，他聽到醫生說對他很「熟悉」，心裡突然又略微不安起來，最近他一直很怕別人很「熟悉」他。

「你的詩寫得非常深刻！」醫生把煙斗拿下來，指一指壁上的畫說：「像這些畫一樣，很……很準確地反映生之痛苦，所以我一直喜歡讀你的詩。」

「哦，哦。」這句話更加使他不安起來，怎麼說他的詩像這些「病人」的畫一樣呢？豈有此理！「不過，這兩年來我都不寫詩了。」

「我知道，你改行研究鳥了是不是？我在報章上看你發表了很多寫鳥的文章。」醫生漫不經心地說。

「……」欲奔突然有些憤怒起來，怎麼……怎麼會有人這麼清楚自己呢？而且對方又是一個精神科的名醫師，這麼多年來被一個精神科醫生如此注意著，自己卻一無所知，這眞是令他感到駭異的事情，他有一種當眾被脫了衣服的焦慮感。

談話的氣氛僵凝了下來，兩人緘默對坐著。

「……」醫生也許感知到了沉悶的氣氛，尷尬地打哈哈說：「啊——對不起，儘講些無聊的話，來，我給你倒杯茶。」醫生站起來走到冰箱旁邊，幫他倒了杯冰水，端到桌前。

「……」欲奔很不安地低下頭沉思了好一會兒，才漫幽幽地說，「鄭醫師……我……其實是有一些問題要來請教你，才特地來拜訪你的。」

「唔。」醫生坐下來，輕輕地把煙斗放下來，溫煦地笑著說：「說看看嘛。」

「我想請教你，就你們精神科醫生的看法，人有沒有……有沒有可能變成一隻鳥？」欲奔很艱難地把這些話說了出來，最後那幾個字，他突然把聲音提高了起來，說得很大聲。

「唔？」醫生有一點被他這突如其來的一句話問住了，愣了一下。

「……」欲奔一接觸到醫生訝異的眼神，慌忙把眼睛避開，垂首下來。

「你是說心理這麼想嗎？」醫生很快地從驚愕中回來，又露出和煦的笑容。

「不是，我是說眞的變成一隻鳥。」說了這句話，欲奔的情緒逐漸平復了下來，抬頭盯著醫生看。

「……」倏地，從眼神中可以看出，醫生跌入了思維之中。

「……」欲奔眼睛一瞬也不瞬地緊盯著他，等待他的回答。

「你有這種想法有多久了？」醫生默默地拿起煙斗抽了一口，柔聲地問他，從眼神中向他佈下一張憐憫的網。

「不是想法！是眞的有這個現象！」欲奔又有些激動起來，嘴唇細碎地顫抖著。

「……」

「……」欲奔盯著他，緩慢地解開衣襟，把胸腹露出來，「你看一看！」

「……」當欲奔默默撩開衣服露出胸側那一大片羽毛的時候，醫生驀地目瞪口呆了。

楞了一會兒之後，醫生情急地把頭越過壓克力茶几，身子前倚，把臉湊近他，仔細地檢視，並且伸手過去撫摸那一片羽毛。

當他用手試著拉動那些羽毛，確定那些羽毛是從皮膚下長出來的時候，他的手忍不住有些顫抖起來。

「鄭醫師……」欲奔猛地把身子往後靠，離開他的觸摸，頹然靠坐在大沙發椅上，憂心忡忡地說。

「……」醫生也默默無語回復原來的姿勢，楞楞地盯著他看。

「人，有沒有可能變成一隻鳥？」欲奔又重複問了這句話。

「理論上當然不可能，不過……」他沉吟了好一會兒才輕聲地說。

「不過什麼？」欲奔緊逼著問。

「不過，在精神醫學上，因爲精神的原因使肉體上產生病變的例子倒是很多……」

「有過像我這樣長出羽毛的嗎？」欲奔馬上接口，毫不放鬆地問。

「……」醫生輕輕地綻出一絲笑容，故作鎮定地說：「你先別那麼緊張，我們慢慢一起來研究看看！」

「……」

「長出羽毛的個案我是沒有聽過，不過，在美國曾經有一個個案，倒是……可能和你的情況有些類似……。」

「……」

「據我讀到的資料說：曾經有一個美軍，越戰期間，在一場戰鬥中被越共圍困了十幾天，當他被友軍解救出來的時候，他的精神已經崩潰了，從此以後，他一直幻想自己是一隻鳥，失去了語言的能力，一天到晚只是啾啾不已地叫著，不停拍動雙手，做鳥類飛行的樣子，成了一個十足的『鳥人』！」

「……」欲奔聽著，忍不住陣陣寒意從背脊湧上來，全身簌簌不已地顫慄起來。

「不過……」醫生或許注意到了他的異狀，馬上打哈哈說：「我看你精神狀態很穩定，不會像他那個樣子啦！」

「那麼……依你們精神科醫生的觀點看，那名美軍爲什麼會變成那個樣子呢？」

「唔。」醫生沉吟了一下，若無其事地說：「逃避的心理嘛！想著自己變成一隻鳥，可以飛離敵人重重的包圍……。」

「逃避」兩個字從醫生口中一吐出來，欲奔腦海裡轟然一聲巨響，頭部突然一陣巨痛，意識倏地模糊起來，他雙手抱緊頭部，長叫了一聲「啊——」，在椅子上昏了過去。

「怎麼了？」醫生嚇了一大跳，馬上站起來，繞過桌子跑過去，扶住他不停地搖著問著……。

四

也不知道經過了多久，當欲奔醒過來的時候，發現自己躺在醫生家的診療室裡。他慢慢地開啓眼睛，看見醫生正站在床邊，手裡拿著針筒憂心忡忡地看著他。

「醒過來啦？」醫生用手關切地撫著他的額頭問道：「感覺怎樣？」

「……」他想坐起來，卻發現頭仍昏昏沉沉，全身又酸又痛，便又躺了下來。

「不要勉強起來，再多躺一會兒好了，我剛剛給你打了一劑鬆弛肌肉的針。」醫生放下針筒轉身走出去，到冰箱裡擰了一條冰毛巾替他敷在額上。

「醫生，剛剛我怎麼樣了？」欲奔憂心地問道，聲音還很虛弱。

「我看你大概是太勞累，太緊張了！」醫生一邊替他敷著毛巾一邊笑著回答。

「我好像走了……不，飛了好遠的路！」

「哦？」醫生搬來一把椅子坐在他旁邊，微笑地傾聽他的講話。

「我剛剛好像做了一段很長的夢，我……夢見我好像在飛，飛得很高，看見底下的城市、山川變得好細、好小……」欲奔好像夢囈一般，不停地喃喃著。

醫生微笑著，悄悄地起身，走到案前，把桌上那小型的錄音機按下，輕輕拿著它走回來。

「……飛得很高，我覺得好舒服，離開底下的土地飛到天上，風很涼很大，我覺得好高，好像所有的束縛一下子都掙脫了，如果我能如此不停地飛下去，那眞不知道該有多好，我可以飛、飛、飛……」欲奔邊說邊覺得眼皮又逐漸地重了起來，愈說聲音愈小，終了不知道自己說了些什麼，又昏昏沉沉地睡了過去。

再度醒來的時候，覺得全身舒適多了，也許是由於打過針的關係，頭稍稍有點暈眩，他從床上坐了起來，看看腕上的錶，已經十一點多了，他是八點鐘來的，足足耗去了三個多鐘頭。

他看看醫生不在，便自己從診療室走出來，走到客廳正好看到醫生和他包車來的司機在聊天。

「先生，怎麼這麼久？已經十一點多，我要趕回去交班了咧！」計程車司機看到他，忙站起來不停地抱怨。

「失禮，失禮，我昏……睏過去了啦，車資我照鐘點算給你好了，歹勢啦！」欲奔連忙向他道歉。

「害我店外頭等歸啊點鐘，看你一直沒出來，我才進來找你呢！」

「好，好，回去啦，回去啦！」欲奔轉過身來，問問醫生：「我……我這個毛病，你看怎麼辦好？」

醫生走過來拍拍他的肩膀說：「我看不大要緊啦，你不要太緊張，你剛剛昏睡之中說了很多話，我替你錄了音，這兩天我再找幾個專家一起研究看看，你過幾天再來一趟，我們再聊聊好不好？」

「唔？那就這樣吧。」欲奔無可奈何地說，掏掏口袋問道：「今天，這樣……多少錢？」

「免啦！免啦！」醫生推推他往門外走去，「我也沒幫上什麼忙，老朋友了，如果能幫上你忙也是應該的。」

經過一番推讓，欲奔沒再堅持，便搭上原來的計程車回去了。

欲奔走後，醫生慢慢走回診療室，將剛剛用過的小型錄音機拿到桌上，表情凝重地坐在大靠椅上，把錄音帶向前回繞了一小段，按下play的鍵，從喇叭口馬上傳來低沉而夢幻的聲音：

如果我能如此不停地飛下去，那眞不知道有多好，我可以飛、飛、飛……。

接下來錄音帶便出現呷、呷、呷不已地，顯然是人模仿鳥的聲音，持續不停地叫了將近五分鐘。

呷、呷、呷、呷……

醫生聽著聽著，表情愈來愈凝重，終至滿臉蒼白，流出一頭一臉豆粒般大的汗珠……。

五

深夜十二點半，欲奔已經回到了自己的寓所。

由於折騰了一個晚上，覺得全身流汗流得黏膩膩的。所以回到家，他就逕自進入浴室洗澡。

他先打開蓮蓬的水把身子沖洗了一遍，然後把浴缸放滿溫水，靜靜地躺下，舒適地泡著。

方才打針的暈眩感覺現在已經完全消失了，腦海裡一片清明。欲奔瞇著眼睛享受溫水所帶來的全身鬆弛的快感，但是沒多久的時間，當他在溫水中無意間觸摸到側腹的羽毛，舊有的困擾又倏地回到心中來了。

「逃避！」那醫生是這樣說的。

逃避的慾念使得那名美軍終於成了一名「鳥人」，那我也是因由於「逃避」的心理才使自己意外地在身上長出了鳥的羽毛嗎？我在害怕什麼呢？逃避什麼呢？欲奔重複地質問著自己。

那名美軍是在越共炮火日夜攻擊下，終至精神崩潰而幻想自己能變成一隻鳥飛走的，那麼我呢？我又是怎麼……。

欲奔想到這兒，心裡突然電光石火般閃起一些事，他悚然心驚，若有所悟地睜大了眼睛盯著天花板。

會是因那件事使得我身體內的內分泌產生突變，因而導致身體的病變嗎？剛才怎樣會忘了把這件事告訴那個精神科醫生呢？那……那時，自己的確在心裡有過「如果能變成一隻鳥逃走那該有多好！」的強烈念頭啊！那麼，就如同那名美軍一般，那種被圍困的情境就是我致病的原因嗎？那件事竟會是病的根源嗎？

那是發生在一個多月以前的事了。

那天，他和往日一般，照例背著照相機、望遠鏡在那河口賞鳥，一會兒用望遠鏡觀察那一群野鴨的動態，一會兒用照相機拍下牠們美妙的影姿，而且還掏出大本記事本子來記載牠們的數量，劃上牠們隨著潮汐移動覓食的路線。

他連續觀察這群野鴨的動態已經足足有一個月之久。當牠們從十月份隨著季節遷徙到河口來的那天開始，他就緊緊地盯上了牠們，他利用一整個白天的功夫來仔細觀察，記錄牠們，每天早上八點鐘，他就準時騎著摩托車到達這個河口地帶，把車停在樹下，然後便展開了他研究鳥的工作。

他研究的對象當然並不限於野鴨一種，這個河海交界的地帶，大約有兩公里左右的地區都是沼澤地，上面零星地分布著一片一片的水筆仔聚落，這片沼澤地區可以說是野生鳥類的天堂，隨著季節的移轉，這裡常常變成候鳥過境本島的驛站，大批大批綺麗、稀有的鳥類不時出沒在這個地區，這對於愛鳥成癡的他，不啻是世外的桃源，他常帶著便當，一個人在這兒一泡便是一整天，逍遙自在，無拘無束。

自從不再寫詩之後，他覺得天下再沒有比賞鳥更有意義的事了；事實上，在兩年多前，對於鳥，他還是一竅不通，一點認識也沒有的，那個時候他正迷於詩、迷於文學、迷於研究這個社會的人群；他大學時代唸的是社會學，研究人群正是他最感興趣的事，但糟糕的是，那時他並不是一個很專心的社會學愛好者，除了社會學，他還同時迷上了文學，迷上了寫詩，而且很烏龍地，他對於文學竟有如此離譜的結論：

要拯救我們社會墮落的靈魂，那只有詩！

那是他在那個階段，在台灣文壇留下的名言。

這句話或許過於誇張，但是此地的詩壇早就習慣於創造「嚇死人」的文學口號，所以當時也並沒有人指謫他這句話的狂妄，當然，這一方面的因素，還是因爲他的確是個才華橫溢的詩人。

在他崛起本地詩壇短短兩年內，他的詩馬上在詩壇捲起了一場風暴，他連續出版了幾本「頌歌」體的詩集，連連擠入出版的暢銷排行榜之列，由於他的詩既有典雅的韻律，又有犀利的社會指控，這對於蒼白已久的本地詩壇，無疑是一顆定時炸彈，於是知識界爭相傳誦，尤其是一向愛作夢的大學生們，據說有些大學生看了他的詩後，有如大夢初醒，痛哭流涕之餘，竟還爭相拿去複印，然後拿到學生宿舍的公佈欄上張貼。

寫詩寫得這麼好已經是一個罪過了，何況又如此受到大學生們的歡迎，最不應該的，他還到處去演講，大聲地把社會的腐敗面指陳無隱，喜歡他、崇拜他的人稱頌他的風度氣質有如「鶴立雞群」，問題是，天下有一隻鶴闖入雞群之中而不被雞群攻擊的嗎？

果不其然的，前年他替一家出版社編年度詩選，由於他大膽地把一些成名詩人的詩踢出詩選之外，於是書出版之後，他便遭到了圍剿，各種顏色的帽子紛沓而至，在各個報章雜誌上出現的誣陷的文章，看得他大汗淋漓，每在半夜驚醒，便悚然覺得大禍即將臨頭似地，他終於領受到了此地文學工作者卑鄙陰沉的一面，而且對某教授多年前的一句名言感慨良深，「文壇多小人，詩壇特別多！」

「寫個鳥啊——」他在既驚且怒的情況下，一把火便將以前寫過的詩集統統付之一炬，發誓此生不再寫詩了。然後，過不了多久，他莫名其妙地便一頭栽進鳥的領域中來了。

「幹伊娘，研究人、研究詩不成，研究鳥總可以吧？」每當人家問起他爲什麼不再寫詩時，他總是這樣憤怒地回答。

「逃避」！對的，那個時候放棄詩轉而研究鳥就已經算是逃避了吧？但是，在這個時代不逃避又能如何？在寫作的好友中不是早就有人逃入算命、禪學、女色之中去了嗎？自己逃入鳥事之中又有什麼不可思議的地方呢？

欲奔常在自己心中如此安慰自己，想到那些如今飄然世外的朋友們，他便更能心安理得地到這河口沼澤來研究鳥了，他希望透過研究鳥而像他們一般找到救贖的道路。

事實上，他的確從研究鳥中得到了一些從文學中從未得到的領悟，尤其是牠們逃避敵害以求生存的種種方式，帶給了他莫大的震撼。

有一次，他在河口撿到一隻受傷的野鴨，這隻野鴨受傷的位置很奇特，欲奔發現牠的肛門的部位有個潰爛的傷口，黏答答地分泌了一些體液，大概是受到細菌的感染，有些化膿起來，濃汁使得牠肛門附近的羽毛僵結在一起。

欲奔看牠可憐，便把牠撿回來養著，並且把牠送到獸醫院看醫生。

那個獸醫生是他賞鳥學會的老會員，看了他送來的野鴨之後笑著向他說：

「沒有關係啦，野鴨遇到強敵襲擊的時候，爲了減輕體重利於飛行逃生，常會有把自己一部分排泄器官丟掉的行爲，這種傷口很快就會癒合再生啦！這隻野鴨只是不小心讓傷口感染了細菌而已，用雙氧水消毒抹點藥就好了！」

「把排泄器官丟掉？」欲奔第一次聽到這樣的說法，顯得有點吃驚。

「你也是專家嘛！欸！你沒聽人家說過啊，自割逃生的事，在爬蟲類動物界也是很常見的行爲。」

「不過，在鳥類我倒是第一次這樣聽說。」

醫生一聽欲奔這麼說，似乎有些自滿起來，能比會友的知識更淵博，那確實是一件值得炫耀的事。

「鳥類就是爬蟲類進化來的嘛！所以有些鳥類在進化的過程中還是保留了爬蟲類這

種逃生的本能，譬如雁鴨科的鳥類就是最好的例子。」

「唔？」

「更妙的是，鳥類爲了飛行求生存，除了利用這項行爲減輕體重之外，另一方面牠的生殖器官也是逐步退化的，把生殖器官退化到最簡單的方式，你看，鳥類爲了飛行所付出的代價有多大！乾脆連囊葩都不想要了！」醫生似乎頗有感悟地說。

「……」欲奔完全被這個醫生會友的訴說吸引住了，他研究鳥研究了二年多，看過各種鳥書，今天聽這位會友一席話，才知道天外有天，原來自己對於鳥類生理結構的知識竟是如此匱乏啊！

野鴨也懂得自割逃生嗎？爲了逃生把身體的重要部位毅然地拋棄，找尋一處安全的地方療傷止痛，使器官重生，然後把美好的生命重新延續，這樣看來，野鴨竟是比人更懂得保命之道的動物吧？

這就是欲奔開始沉迷於研究野鴨的因緣，由於那醫生會友的一席話，使他逐漸對野鴨這種鳥類興起了尊敬之意。

連著一段時間，他一直守候在這個河口仔細地觀察、研究牠們。

他愈了解牠們，愈爲牠們著迷，他發現他從未看過如此優雅而有氣質的鳥類族群，牠們的美，不只美在形體，更美的是牠們平和的性格，牠們的覓食、求偶、家族之情，處處都顯出紳士般優雅的氣質。

「人類的社會如果也能夠如此，那眞不知該有多好。」好幾次欲奔拿著望遠鏡看著牠們時，不禁感慨萬千地流下淚來。

但是，人類的世界畢竟沒有如他期待的那樣平和。

那天下午，他躲在河口灌木林陶醉在賞鳥的愉悅中時，突然，不知道從哪裡開來了一輛吉普車，從吉普車上跳下來幾個穿著藍色制服荷著槍的軍人，不容分說地把他連人帶器具一起押上車，帶到河口一處基地中去。

去到那兒，他才知道那是海防部隊駐紮的地方，那幾個兵把他帶到一個小房間裡，然後把門「碰」一聲關上。

他一個人孤伶伶地坐在那兒，心裡突然覺得忐忑不安起來，他始終腦筋轉不過來爲什麼會發生這些莫名其妙的事，剛才他在車上一再憤怒地質問那些戰士，他們卻板著臉孔一句話也不說。

他在那房間裡呆坐了好一會兒，門打開了，進來一個穿著少尉軍服的軍官，手上拿著一個藍色塑膠皮的講義夾子。

那位軍官拉了一把椅子在他對面的小桌几坐了下來，然後親切地問他的姓名、年齡、職業、服務的地方……。

他很快告訴了他，當他看見那名軍官掏出筆來掀開講義夾，在裡面一一記錄時，他才感覺事情有些蹊蹺。

「到底是怎麼回事？你們為什麼把我帶到這裡來？」欲奔緊張地質問那名軍官。

那名軍官仍舊擺著笑臉，突然從講義夾中抽出幾張用原子筆劃在筆記紙上的簡圖，欲奔一眼就看出那是他畫的野鴨的分佈、覓食路線圖，那些是他覺得畫得不好，撕下揉掉的，不知怎地竟會在這裡出現。

「我們觀察你很久了，你一直在這河口地區照相、畫圖……」

「我是在這裡賞鳥。」欲奔似乎了悟到怎麼一回事，不等那少尉軍官說完便搶著辯解。

「賞鳥？這裡有什麼鳥好賞？我們天天在這兒也沒看到什麼鳥。」軍官的話逐漸嚴肅起來。

「這裡到處都有鳥，只是你們看不到罷了。」欲奔把心平靜下來回答他。

「……」軍官沉默了下來，一雙眼睛銳利地盯著他不放。

「……」欲奔坦然地回盯著他。
「賞鳥還畫這些圖幹什麼？」
「那是我記載水鳥覓食、分佈的簡圖，做研究資料用的……」
「什麼資料？走私資料嘜？」
「欸！欸！哪有這回事？」欲奔既害怕又憤怒，大聲嚷嚷了起來。
「看鳥爲什麼還要加上潮汐的時間表？」
「因爲我要了解，牠們的移動和潮汐的漲落有沒有密切的關係！」
「……」軍官似乎一時也找不到話來質問他了，他沉吟了一下，又斷斷續續地問他：「你剛才說……你在報社上班？」
「唔！」
「報社上班和看鳥有什麼關係？」
「看鳥是我的興趣。」
「鳥有什麼好看？」
「那是我的自由，你管不著！」欲奔覺得這種質問簡直荒唐，於是很不耐煩地大聲回答了他。

那軍官默默盯了他一會兒，突然合起講義夾不問了，起身走了出去。

「喂，我的照相機和望遠鏡什麼時候還我？」

那軍官已走到門邊，轉過身來回答他：「我們要等底片沖出來，看過之後再決定！」

「你們沒有這個權利！」欲奔倏地站起來大聲吼。

軍官沒有回答他，自顧自走了出去。

重複的質問持續了一個下午，陸續換了幾個軍官來問他，有兇的，有和善的。

其中一個告訴他：

「問題很嚴重，你照的底片沖出來了，有幾張照到了我們的暗哨，你要不實話實說，我們可要把人往上送！」

「我要給報社打電話！」他申訴說。

但是軍官並沒有理他。

六點以後就沒有人再問他了，把他孤獨地留在那小房間裡。

想變成鳥逃走的念頭，就是那個時候突然萌生的，在極端的憤怒與恐懼之中，他緊閉著雙眼休息，隱隱然地，他竟覺得迷迷糊糊起來，頭部一時暈眩得很厲害，天旋地轉，整個人像掉入了幻境之中一般，覺得自己好似飄浮了起來，同時很奇異地，腦海裡像亂了秩序的電影放映機，快速地閃過了數不清的零碎影像，那些影像都是各種鳥的頭像，由慢而快，由小而大，愈來愈……。

「哇——」他大叫一聲，睜開眼睛，發現自己全身冷汗淋漓。

「放我出去——」他聲嘶力竭地喊，外面沒有任何人回答他。

禁閉一直持續到晚上九點多鐘，門開了，他突然看到報社的王副總編輯和那名年輕的少尉軍官走了進來。

「誤會，誤會，這眞是一場誤會！」王副總編輯一直向那名軍官打躬作揖。

「對不起！」軍官微笑著向欲奔敬了個短截漂亮的禮。

一切事情便在驚濤駭浪邊緣結束了，底片、簡圖是被沒收了，但他領回了照相機和望遠鏡。

「眞他媽的邪門！看鳥也會有這些麻煩！」在走出營房門口的時候，他恨恨地咒道。

「你不能怪人家，他們最近剛在這裡抓到一批走私槍械的走私犯，他們懷疑你是同夥……」王副總編輯拍拍他的肩膀安慰他說。

「媽的，我這個樣子像走私犯嗎？」

「走私犯也不會在臉上寫字，算啦，算啦，他們沒有追查你算不錯啦，以後別在這裡看什麼鳥了！你幹點正經事吧，下次別再又有人把我從報社叫出來保你！」

「幹點正經事吧！」那天王副總編輯那句無心的話，大大刺傷了他。

「什麼才是正經的事呢？」欲奔躺在浴缸中閉著雙眼靜靜地想著。

寫詩是正經的事吧？結果被扣上了帽子，做爲一個文字工作者，除了誠實地寫作，還有什麼算是正經事呢？既然不能順遂地按照自己的意思去做，那麼我還有什麼正經事可幹？我只好去看鳥，看鳥不是正經事嗎？怎麼也還要把那頂大帽子往我身上戴！

欲奔胡亂地想著，漸漸覺得浴缸裡的水涼了，便起身離開浴缸，拿了條大毛巾把身體擦乾，邊擦邊想：

逃避？那個精神科醫生分析得一點也沒錯，這麼長的日子以來，我的確一直在逃避！逃避那些無所不在的各色帽子！是因爲這種逃避使我身上長出了羽毛嗎？是因爲像那名美軍想成爲一隻鳥離開這些圍困，而使我長出了許多野鴨的羽毛嗎？野鴨可以自割而逃生，那麼我呢？……

欲奔愈想愈覺得頭又痛了起來，那種漩渦般的感覺再次襲上腦海中來了，他趕緊強制自己不再想下去，草草穿上睡衣走出了浴室。

六

凌晨三點，欲奔從惡夢中驚醒過來，楞楞地坐在床上。

又夢見自己變成一隻鳥了，而且這一次夢得更加具體，他發現自己站在河口的蘆葦灘上逐漸地長出羽毛，蛻變成了隻野鴨。

先是從兩腋下開始長出藍色羽毛，羽毛由兩側向下長，到腹部的地方長出灰白色的羽毛，到屁股的地方又長出了一大蓬黑白相間的羽毛，然後兩隻手臂也陸續長出了一根一根土褐色的羽毛，接著是脖子，像曇花開放一般，他先是覺得脖子發癢，他想抓，卻發現已沒有了手，就在那一剎那，脖子上的羽毛便「蓬」一聲散開長出來，他覺得很驚異，這個夢怎麼會是彩色的？他竟可以分辨得出脖子的羽毛是咖啡色的，而且……而且頭髮在很短時間內也轉化成綠色的羽毛，除了一張人臉，他已十足地變成一隻野鴨了，他分不清這時是愉悅或痛苦，他輕輕地展開翅膀，他……，他發現自己飛起來了。

從這裡開始，他的夢便出現紊亂了，他夢見自己一下子飛到白雪靄靄的雪地，一下子又飛到風沙蔽天的沙漠、茫茫無際的海洋……一幕接一幕的夢境愈來愈離奇，每一幕場景都使他覺得漫漫無際，雪地是飛不到盡頭的雪地，沙漠是廣袤無邊的沙漠，海洋是一望無際的海洋……，飛到哪裡都似乎找不到可以駐足休憩的地方，他（牠），飛得累極了，飛得眞想就這樣死去……。

然後，這時一隻雙翅足以遮天的大鷹，突然從雲層中俯衝下來，一下子便來到了他（牠）的上空，他（牠）清楚地看到了那大鷹尖銳的爪和又鉤又利的喙，他（牠）驚叫起來，使出全身的力量向前竄飛，但那隻大鷹飛得更快，牠巨大無比的投影始終罩在他（牠）的頭上，他（牠）驚駭到了極點，就在那大鷹的利爪伸向他（牠）身際的剎那，他（牠）發現自己開始自割了，先拋去雙腿，再拋去尾巴，再從肛門陸續地排出體內的器官……，他（牠）沒有覺得一絲痛意，一切都像無聲電影一般默默地進行，片片剝落的身體就像古舊的房子壁上脫落的石灰一般隨風飄逝……。

他（牠）始終逃不開大鷹的追擊，他覺得駭異，也覺得憤怒，也覺得哀傷……最後他（牠）被迫拋棄了翅膀，然後他（牠）覺得自己很快地向下墜落，他（牠）是仰著臉向下迴旋著墜落下去的，一直向下墜，那大鷹也盤旋著追擊而下，他（牠）眼看著那大鷹的身影愈旋愈大，然後那大鷹竟在觸擊到他（牠）的剎那間幻化成了一頂巨大無比的紅帽子，漫天漫地蓋了下來。

他大叫一聲，醒了過來。

欲奔坐在床上簌簌不已的顫抖，他顫危危地伸起雙手來想抹去臉上的汗，手一伸上來，他發現手掌竟眞的長滿了羽毛，他嚇壞了，慌忙用兩手扯開上身的睡衣，欲奔發現他的上半身，此時意外地全長滿了亮麗的羽毛，他驚慌地從床上站起來，把褲子向下一褪，映入眼簾的竟是從肚臍以下，一直到腳底全長滿了灰白的羽毛，更令他驚駭的是，他無意間看向胯下，什麼也沒有看見！他……他的男性竟不知怎地整個消失了。

「我……我……我……我眞的變成沒有囊葩的男人了！」

他的腦海裡電光石火般閃過這個念頭。

哇啊——哇、啊、啊、啊、啊——

他仰天長號，發出了絕望的呼叫，從床上一躍，跳下來，緊抱著頭，打開房門衝了出去。

他慘號著在夜色中奔跑，跑過街頭，跑向郊區，跑向一望無際的夜色之中……。

哇啊、啊、啊——那淒厲的尖叫聲，隨著他跑過的路線，在深夜的街道上揚起來，完全不像人的聲音……。

尾聲

從那個晚上以後，詩人李欲奔便神奇地失蹤了。沒有人知道他去了哪裡。

李欲奔的父母報案以後，警方至今也沒有找到任何蛛絲馬跡，只在T市郊區的某處田野上發現了一堆撕碎的睡衣，他常掛戴的鐵力士錶，以及從他出生以來便一直掛在胸前的媽祖娘娘的護身金牌項鍊。這名台灣男性，奇異地，竟像水蒸氣一般，被陽光一曬，騰昇起來，無影無蹤地消失在空氣之中……。

他失蹤之後，他舊日的一些寫作朋友們，四處奔波去尋找他可能的去處，最後勉強找到了一些很荒誕的，像他們的作品一樣沒有一點邏輯性的臆測，那些臆測是這樣的：

A

最近我們社會上常有人失蹤，黑道或白道都可能使人失蹤，他……他說不定也是這樣失蹤了吧。

B

他或許自殺了，只是屍體到現在還沒有人找到。

自殺是可能的，因爲朋友們後來在他失蹤前幾天的日記中，發現了這樣類似絕筆的詩句：

……

從西海岸到東海岸
從邊陲漁村到盆地都市
相異的時間相同的心情
我也疲憊地飄泊回來
祖母常說沒有用的讀書人就是我們
只有這裡依舊矗立
父親常常站得很久，現在我也是
這煙火繚繞的靜靜大廳

靈牌有他的名字列在最後
他的旁邊空著，自然是等我去了……

C

最後這猜測最荒誕了，有人說……說他變成一隻鳥飛走了。因為在發現他遺物的地方，有一個農夫，當天晚上曾嚇得爬回去向家人說：我碰到鬼啦！

據他事後的供述，那天晚上他去放田水，月光下，突然遠遠看到一個人影，尖叫呼號著從遠處向他跑來，跑到大約離他二、三十公尺的地方，竟幻化成了一隻大鳥，騰空飛起，兩翅張開來，足足有一、二十公尺長，那鳥在他田地的上空，盤旋繞飛了三匝，叫聲如嬰兒泣奶，似乎依依不捨地愈迴愈高，哀鳴著往南方而去……。

（本文純屬虛構，如有巧合……才怪）

——原載一九八五年十一月《文學界》第十六集

4 叛國

在動亂和墮落的年代，
弟兄們，不要審判自己的弟兄。

——俄・蕭洛霍夫〈靜靜的頓河〉

一

當童把我投出去的球，打得飛起老高老高，不偏不倚地再次掉到場外那賣蕃藷糖的老頭車篷上時，我心中突然閃過一個想笑的念頭，天下有這麼巧的事啊！一個下午，打出去的球竟然三次擊中這個賣蕃藷糖的攤子，第一次擊中車的輪子，第二次掉到糖鍋裡，濺得正在挑買糖蕃藷的一對情侶滿臉火燙的糖汁，使他們痛得又叫又跳，那個男的把一切可能想起的髒話一股腦兒都罵出來了，聲音很大，半個操場都聽得見，那個女的，可能被她一向看來文雅的男友罵髒話的天才嚇傻了，只是楞楞地盯著他。

老頭用夾子把棒球從鍋中夾起來，笑嘻嘻地看著我。

我邊搔著頭走過去，邊咕噥著說：「媽的，怎麼這樣打球，怎麼這樣打球……。」

當球第三次擊中這個蕃藷糖攤子時，連我自己都覺得有一點過分了，或者說有一點邪門了，天下哪有這麼愛開玩笑的球，三番兩次都找上這個蕃藷糖攤子。

果然老頭好像有一點動怒了，手上握著球把腰插起來，對著我用台語大聲喊：

「你是會曉打球嘜？」

「失禮！失禮……」我邊向他跑過去，邊把帽子脫下來向著他點頭致歉，「打球的人太差了！老打界外球！」

「啥咪？」他大叫一聲，我嚇得馬上站定在那兒，「你自己當投手不行啦！投球老給人家打中！」

我噗嗤一聲笑了出來，什麼話？還有投手可以不被打中球的！

「笑什麼？我看你這個投手眞的很差啦！投十個球差不多被打中兩三個！」他的怒

氣似乎消褪了，用著睥睨的眼神看著我。

我突然被他的話激怒了，媽的，雖然球打中了你的攤子有些不好意思，但你這糟老頭懂個屁棒球，敢胡亂批評我這個校隊投手！

「按怎（怎樣）？不服氣是不是？我敢和你打賭，我投十個球，你要打得中兩個以上，我蕃藷糖隨你們吃，不要錢！」

「眞的？你沒在放屁？」

「吃蕃藷的才放屁，做蕃藷糖的不放屁，十個好球！」

幹！老貨仔人，愛逞口舌之快，今天我讓你塗塗塗！我在心中如此陰暗地打算著。

「我要打不中兩個球以上，全隊隊員吃的蕃藷糖我付錢！」我大聲地喊。

嘩——隊友們都喧嘩起來，紛紛圍過來看好戲。

我走到打擊區，看著慢慢走向投手板的老頭，他那種猥瑣窩囊的情狀，突然令我覺得有些內疚起來，欺負這樣一個糟老頭眞是有點太過分了，那一鍋蕃藷糖說不定就是他用以維持一家生計的唯一成本呢！

「Play!」童當裁判，他大聲地宣布打賭開始。

這十個球眞有點開玩笑，十二個球中，連著十個好球就結束了，球速很慢，但飄來飄去，我揮棒五次，我敢保證，都是球躲開棒子。

他的球投完了，我還傻楞楞地站在那兒發呆，隊友們紛紛戲謔地跑過來拍我的肩膀說：「吃蕃藷糖啦！」

我看看站在投手板上正得意洋洋看著我的老頭，忙轉過身向著童說：

「借我一千塊，我今天沒帶錢！」

我從來沒吃過那麼難吃的蕃藷糖，大家卻吃得興高采烈，連平常不吃蕃藷糖的童也吃了一大堆，更過分的是賣蕃藷糖的老頭竟然也一起吃！

「少年雞，別傷心，我曾經是早稻田大學的棒球投手哩！」他拍拍我的肩膀。

「放屁！我曾經是早稻田大學的棒球教練咧！」我大吼著說。

「做蕃藷糖的不放屁，吃蕃藷糖的才放屁。」他笑嘻嘻地說。

二

我們這個棒球隊，就這樣莫名其妙地多了一名業餘教練，因爲這個地下教練不在學校正式編制之內，當然也沒有所謂的教練費，教練費靠我們每次練完球後，把他的蕃藷糖一次買完來支付；又由於他的長相和穿著實在不像個樣子，所以我們也不太好意思稱他爲「教練」，皆一逕稱他爲「蕃藷」。

我們沒有經過原來教練的同意，私自叫了一個賣蕃藷的來指導我們，大家原先有一點擔心那個正牌教練會生氣，沒有想到「蕃藷」還眞有一套，當我們介紹他和我們的教練見面之後，他上前幾句寒暄，兩個竟然一見如故，嘰哩咕嚕用日語興奮地聊起天來，我們知道教練也曾是日本時代留學日本學體育回來的，看他們那種熱絡的樣子，和談話中不時迸出來的「TOKYO」什麼什麼的，以及一些可能是他們朋友的名字，好像「蕃藷」倒眞的到日本去過一般。

他們聊了好一會兒，「蕃藷」便當著教練的面打了十幾個球讓我們接，他好像有點故意要露兩手給我們教練看的樣子，每打一球，便叫一聲球落地的位置，「左外野手」「右外野手」，「二壘手」「游擊手」「三壘手」每一個球都打得準準地，突然叫一聲「投手」，一棒揮去，球還眞的到了我的手套中。

教練在場外邊看邊頷首，等「蕃藷」打完了球，便熱烈地替他拍起手來，並且大叫「一級棒」，然後兩人竟然勾肩搭背像老朋友似地講著日語往福利社去了，留下我們站在操場上望著他們的背影發呆……

三

這個「蕃藷」到底有多少本事，我始終想不透，他就像從外太空莫名其妙掉下來的一個奇怪的個體，我們對他以往的經歷一無所知，只知道從他的身上隨時會發生一些奇蹟並不足爲奇，令我納悶的是，上帝把那麼多驚人的才華裝在一具又矮又瘦、容貌奇醜的軀殼上，是不是有意和大家開玩笑？

我說他長得醜，絕不是因爲我曾經輸了他一鍋蕃藷而耿耿於懷，我所看過的醜的人當中，除了畸型的人之外，頂多也不過是五官配得不勻稱罷了，我們只要想想製造他們的工廠本身模子並不高明，無怪乎產品的比例要有些偏差了，這樣想，再醜的人也就不覺得難以忍受了，但是「蕃藷」的醜，並不在於他的五官，嚴格地說來，他的眼睛甚至還可以稱之爲漂亮的！「蕃藷」的醜在於他的氣質，那種猥瑣的、笑起來總會吸動鼻子帶點諂媚意味的臉，以及稍嫌尖突，上面只長一小撮乾枯的髮，老喜歡半縮入脖子中的頭，再配上長手長腳的軀幹，好像隨時準備逃走的細碎步法，這樣組合起來的個體，使我不禁想起一種台灣人叫「錢鼠」的動物，那種只配生活在黑暗而潮溼的水溝邊撿食殘渣剩飯，而永遠見不得陽光的東西。

然而令人惱恨的地方就在這裡，這樣一副令人望之生厭的軀殼，竟然蘊藏著深不見底的才華！這就無怪乎我要對造物者的企圖產生懷疑，且對祂惡意的玩笑感到厭惡了。

有一天傍晚，我們打球打累了，圍坐在操場上喝汽水聊天，這時有兩支美國學校來的足球隊，正在隔壁的足球場上練球，一個金髮的年輕小伙子在十二碼的地方練習踢罰球，連踢了十幾個，沒有一球中的，最後一球被守門一擋滾到我們旁邊來，我們一翻身正要起來搶踢那個球，沒想到始終站在一旁笑嘻嘻看他們踢球的「蕃藷」，指著踢球的小伙子喊了一聲：「You are not so good, let me try!」說完，一起腳，竟把一個球在二十多碼外飛射入門。

那個黑人門將似乎也看傻了，動也沒動，眼睜睜看著球飛也似地穿過門，隔了一會兒，那些美國孩子們發出了熱烈的口哨聲和拍掌聲。

「蕃藷」更加得意了，偏仰著頭走了過去，然後用英文嘰哩咕嚕地和他們說了一大堆，天！一個賣蕃藷的糟老頭可以說比我們更流利的英文！

我們像看戲一般，看著「蕃藷」和那些美國孩子吹牛，他的英文雖然有些怪腔怪調，但我們還是聽得清楚，他正在向他們吹噓說他曾經是「早稻田大學的足球校隊」。

我們聽到他說曾經是足球校隊時，便在一旁嗶笑起來了，「蕃藷」卻一點也不在乎的樣子，回頭睥睨地對我們笑了笑，彎腰把地上的球撿起來，向著那些美國孩子又嘰哩咕嚕地說了幾句，美國孩子們報以熱烈的掌聲，然後便看見他向後走到離球門十二碼的地方，把球放在地上，朝我們大叫說：

「十個球！」

守門還是那個黑人門將，「蕃藷」第一球踢得太高了，飛過了球門，我們又笑又跳，大肆揶揄一番。

第二球，第三球，第四球，……

我們一個一個慢慢坐了下來，笑聲漸次地收斂了，差不多到了第七球，我們的笑聲便沒有了，代之而起的是美國孩子那邊一次比一次熱烈的掌聲和驚嘆聲……。

四

然後「蕃藷」又當了那群美國孩子的業餘「足球」教練，那群美國孩子每個星期五和星期六下午來，兩點到四點，「蕃藷」在東邊操場教我們打棒球、賣蕃藷、和教練用日語聊天，四點到六點，他就車子推到西邊操場，教美國孩子踢足球、賣蕃藷、和隨隊來的美國女孩用英語聊天……。

如果你認爲「蕃藷」的才華僅止於打打踢踢球，那你就錯了，原先我也以爲「蕃藷」再能幹也不過是「四肢發達，頭腦簡單」的傢伙罷了，後來我才發現我太低估了這個像「錢鼠」一樣的老頭了。

有一次放學以後，我們系裡一些崇拜我的女生，特地來看我和別校的球隊賽球，她們中間有一位還是我朝思暮想苦苦追求不著的女孩，那天，我的表演似乎如有神助，投出去的球像長了眼睛一般，上飄、下墜、左彎、右拐，怎麼投都是好球，把上場打擊的傢伙搞得一個個摸著鼻子離開打擊區，我愈投愈神氣，但是我瞄一瞄那個女的，卻好似並不怎麼注意我的表演似地，反而在一旁和蕃藷聊得很起勁。

我一陣氣湧上心頭，球法便全亂了，連著三個傢伙，一個被球打中手臂，一個被投中腹部，另一個更絕，球不知怎麼彎的，竟然打中了他的屁股！

「哈！這個就是他畫的東西啊？美術系三年級的學生還畫這麼糟的東西嗎？」我正站在投手板上爲著滿壘的情況懊惱時，突然聽到「蕃藷」發現奇蹟般叫著說。

我轉頭看到「蕃藷」正把我送給那個女孩的油畫，從畫袋裡抽出來舉得老高，瞄著大笑說。

我一惱，又保送了一個上壘，站在三壘的順利擠回來得了一分，然後再保送一個，然後……我這個投手便被換下來了……。

我離開投手區之後，逕往「蕃藷」走過去，把他手中的畫搶過來裝回畫袋，邊裝邊咕噥著說：「你老貨仔人懂個屁畫！沒看過那麼無聊的人！」

「什麼？我……我不懂畫？我不懂畫還有誰懂畫！」他大笑著說。

「你放屁！」我惱怒說道。

「畫，這個東西，懂就是懂，不懂就是不懂，不能靠放屁的，你如果想學畫，過幾天到我家來，我教你！」他收斂起笑容正經地說。

「……」我沒理他，我已經快步追向那個別開頭而去的妞了，我急著要把畫再送還給她……。

五

過了幾天，我找了一個晚上專程到「蕃藷」住的地方去了一趟，我是懷著報復的念頭去的，他那天在棒球場的舉止，使我在那個妞面前露出了粗鄙的面貌，以前我一直在她面前保持很優雅的舉止，並且常常用一大套自己都不太懂的藝術理論把她唬得昏頭轉向的，由於我那天忍不住向著「蕃藷」大聲地罵了一句「放屁」，把她嚇跑了，她大概作夢也想不到，一向只文雅地吐出畢卡索、梵谷、莫蒂尼安尼……等名字的嘴巴會突然迸出「放屁」這麼粗魯的字眼來，那是比當著她的面眞的放屁還嚴重的事情。

那天晚上，我穿著全套的棒球裝去找「蕃藷」，讓我帶著球棒的企圖隱晦一點。我手裡拿著他寫給我的地址，在淡水河邊違章建築區的小巷子裡繞了許久，最後在一條巷子口看到擺在那裡的他販賣蕃藷糖的車子，才好不容易找到了他住的地方。

那是一個由洋鐵皮與舊船板拼拼湊湊釘起來的小房子，屋頂上還丟了幾個舊卡車輪胎壓著，站在比較遠的地方一眼望去，就像一只被砸碎的蝸牛一般癱在那兒，而被鄰居的洗澡水潑溼的小巷道上的水跡，就像從蝸牛身上涎出的黏液一般。

他住處的門開著，當著門口便可以把裡面的擺設看得一清二楚，舊飯桌、小電鍋，放著瓶瓶罐罐的舊櫥子、拖鞋，到處亂跑的蟑螂……。

「蕃藷伯……蕃藷伯……」我站在門口喊。

「啥咪人啊？」聲音從後面的小房子裡傳出來

「我……投手啦！」

「你自己進來坐，我正在洗澡，馬上好了！」

我一聽他的聲音，確定是他的家，便老實不客氣地闖了進去，把球棒放在飯桌上比較順手拿的地方。

然後，在屋內約略搜巡了一下，認識一下進退的環境：我瞥到左邊有一間小斗室，燈火亮著，便推開門跨了進去。

哇！眞是想像不到，在這麼一癱違章建築物裡還有一間那麼有「氣質」的房間，這顯然是「蕃諸」的書房兼畫室，四壁上掛著裱框美好的油畫，一張書桌，一副畫架，兩壁櫥的日文、英文、中文書籍。

我一時楞在那裡看傻了眼，尤其那些油畫都是台灣名畫家的畫，我原以爲是複製品，等到趨前一看才知道都是眞品。

廖繼春、楊三郎、郭柏川、李梅樹、……。尤其廖繼春先生一向是我最尊敬、最佩服的畫家，我沒想到會在這個地方看到他的作品，我看著他畫中那有著魔幻一般魅力的夏日下的台灣農村景物，竟感到無可遏止地激動起來……。

「怎麼樣？這些才叫做畫對唔？看你自己畫的東西像什麼物件。」

我回過頭，看到他穿著舊日式浴衣，邊用著毛巾搓拭他剛洗過的頭，站在我背後揶揄地說。

「這張畫……」我指著廖繼春先生的畫說：「你怎麼搞來的？」

「幹！囝仔人，講話沒有一點分寸！什麼叫『搞』來的？你沒有看到他底下的署名啊！他是我東京美術學校時期的學長咧！」他佯裝生氣地說，神色中卻有一份自得。

「滾笑！」我知道再問下去，他又有得吹了，故意別開頭去，看著其他的畫。

突然，我發現了奇蹟般大叫起來。

「你怎麼有這個人的畫？哇！操！他是大漢奸你知不知道？抗日的時候跑到中國幫日本人做事被槍斃掉的！」

「……」我發現背後沒有了聲音，內心有點感到得意起來。

我把目光從壁上轉過來，巡視在那些書架上，隨即便更大聲地叫起來。

「哇，你怎麼都收集一些漢奸、台奸的東西啊！這個、這個……這幾個傢伙都是台奸你知不知道？皇民化運動時專寫文章捧日本人囊葩的賣國賊啊！」

「放你老輩的臭屁！」他突然在我後面憤怒地罵了一句。

我嚇了一大跳，忙轉過身去，看到他整個人臉色變得鐵青，唇角簌簌不已地顫抖著，擦著頭髮的雙手已放了下來，緊緊地絞著那條毛巾。

「你……」他似乎氣極了，把手舉起來顫危危地點著我。

「你……少年雞仔，少放臭屁！你懂人家卵鳥，什麼叫漢奸？什麼叫台奸？」他重重地頓了一下，淒厲吼道：「什麼叫叛國？」

吼完，他一轉身走了出去，我好似莫名其妙地被人迎面揮了一記耳光一般，站在那兒感到驚疑交加，又羞又惱。

六

第二天傍晚，我在球場旁邊遇到他，我本想走上前去爲前一天晚上的事向他致歉，但是他卻一直寒著臉，一逕撥弄著鍋裡的蕃藷，沒有理睬我的意思，我看一看他的樣子，也賭氣別頭而去。

連著幾天我都沒理睬他，遇著他在教隊友們打球，我也遠遠地站在一邊睥睨地看，他也似乎覺察到了我的怒意，儘量迴避著我，對我的投球當然也不再像往日一般有著一大堆意見了。

對於這樣的心理僵局，我起先還有著一股陰沉的樂趣，一種隨附著報復而來的快感，但是這樣的念頭在很短的時間內卻轉化成爲一種深沉的痛苦了，原因是由於我在潛意識之中直覺到，那天晚上半開玩笑的話，可能已經深深傷害到他了，否則一向曠達幽默的他，應該不會在那麼長的時間內依舊耿耿於懷！這樣的聯想遂把我推入深深的內疚之中了。

譴責一個台灣歷史上共認的漢奸、台奸有什麼過錯呢？那天我在他畫室中怒罵的那些畫家和作家，我雖然並不十分了解他們的身世，但是平常我從書本和師長的言談中，多多少少也聽過他們叛國的事蹟，尤其那其中有一名作家，我還曾經看過他不少被翻譯過來的作品，雖然沒有清楚叛國的意念，但是頌揚日本殖民當局對當時台灣皇民化政策的意思是殆無疑義的！這樣的人，我跟大家一樣譴責他，有什麼過錯呢？我這樣的舉止竟然使得「蕃藷」對我昇起了怨意，那麼這個「老蕃藷」到底有著怎麼樣的一顆心靈呢？難不成他也有不可告人的過去嗎？

我愈是這樣想，愈覺得籠罩在「蕃藷」身上的迷霧愈來愈濃，它在我內心中造成的痛苦也就益發深刻，畢竟他在某一方面依舊是我的老師啊！

爲了解脫這樣一個困局，我故意在練球的時候，製造了一個機會把球投到他攤子裡去。

「嘿嘿！」我邊搔著頭，邊向他走過去說：「失禮，失禮，球飫了，要吃你的蕃藷咧……。」

他把球撿起來握在手上走到攤子外來，瞪著我看了一會兒，猛地將它投過來。

「幹！眞是無三小路用！教你這麼久，還投這種囊葩球！」

我微笑著用一個漂亮的姿勢把球接住，他投了球忙轉過頭去，邊走邊大聲地說：

「要學畫就不要那麼沒志氣！罵你一次就嚇得夾著囊葩跑掉了！」

「放屁！」我大笑著回答他。

七

當天晚上我恭恭敬敬準備好了整套的畫具，並且裝扮成很有氣質的樣子去見他，這回我再也不敢帶著球棒了。

剛跨進他家門口，就看到他正和一個約莫六十多歲，頭髮斑白的老先生在喝酒，飯桌上擺著幾盤滷菜，花生殼灑了一地，兩只已經空了的紹興酒瓶子擺在椅子底下，「蕃藷」已經有幾分醉意了，見著我便大聲地嚷說：

「噯，投手，來得正好，畫袋放下來，飲酒！」

「我……飲酒我不行咧！」我怯笑著向那位先生點頭致意。

「莫由阿耐！」「蕃藷」用日語大聲地喝斥我，衝上來一抓，把我拉過去，順手將我肩上的畫袋一扯丟在地上。

「這位，莊．老．師，是我以前留日時東京美術學校的同班同學，現在在高雄一所國中教美術！來！」

「蕃藷」邊說邊把他的空酒杯倒滿酒。

「古早人拜師傅要三叩九拜！我免啦！你敬我的好同年三杯酒就可以！」

「我……」我苦笑著還想推拖。

「汰……」他猛地一巴掌拍在我的肩上：「眞無路用，三杯酒也怕成這個樣子！我們像你這個年紀，已經扛著槍到原鄉去轉戰南北了咧！」

「幹！扛著槍轉戰南北？帶著槍轉戰藝妓館還差不多。」我被他一拍，心裡著實惱了，暗中這樣嘀咕著。

「噯，小兄弟，不要和他一般見識。托西這個傢伙在日本時就是這副猴形相了，來，我敬你，我們喝一杯就好。」老先生看我窘了，連忙把酒杯端起來向我示意道。

我只好憋足了氣，仰頭把酒給乾了。

「記著，還有兩杯，等一下慢慢喝，一杯也不能少！」「蕃藷」總算放過了我，叫我坐了下來。

個性一向幽默謙卑的「老蕃藷」，想不到喝了酒之後竟是這副模樣，蠻橫跋扈，目中無人，我看著，心中不免有點後悔來找他學畫了。

「喂，投手！來看這些照片，別以爲我以前告訴你的話都是亂放屁！」「蕃藷」從椅子上拿起一本表皮已剝落了的老相簿，遞了過來。

「剛剛和托西談到一些舊時的代誌，他就把老相本拿出來印證一番。」老先生始終溫文地笑著，在一旁補充著說。

我實在喜歡這位老先生，眼神溫和，笑起來眼睛便瞇成兩道月牙的形狀，加上他談話時，從他身上散發出來的那一種親和的氣質，使人很容易地就對他有了好感。雖然此時他只穿著一件米灰色的舊夾克，但是那一頭向後翻梳的白髮，在黯淡的燈光下卻顯得分外的有神，他這個樣子和氣質畏縮的「老蕃藷」，在這間斗室內形成一種相當不協調的對比。

「蕃藷伯啊，你這個樣子，實在怎麼看也不像一個藝術家，要說藝術家，我看像莊老師這個架勢才眞正有夠資格！」

我看了他們一會，突然冒出這樣一句話來。

「汰！囝仔人，一支嘴黑白亂放！我是生得安那壞？比梵谷緣投多了！你沒看過阮少年的時陣，幹，我掀給你看！」他醉態可掬地把相本搶了過去，胡亂掀了起來。

莊老先生看著，在一旁捧腹朗聲大笑起來。

「你看，你看！」「蕃藷」突然停下了手中的動作，把相本遞了過來。

我接過相本把它湊近光源，仔細端詳起來，相片裡有五個穿著黑色學生制服的青年，肩搭肩開心地笑著。

「哪！」莊老先生也湊過來，指著中間那個歪戴帽子的說：「托西桑！上野五狼格！」

「ＳＯ！」「蕃藷」大嚷著，兩人開懷地大笑起來。

我把相簿掀過一頁，那是一張穿著棒球裝的個人照，主人翁威風凜凜地插著腰，照片上有反白的字體標著：「昭和××年上野寫眞部。」標明年代的字跡已模糊得無法辨認了。

「哪——」「蕃藷」故意把聲音拖得很長，我當然已經看清楚了，就是他！

「托西初到日本時，先唸了兩年早稻田大學，後來因對美術有興趣，有才華，結果便轉到東京美術學校了！」莊先生在旁笑著補充。〔註：東京美術學校現爲東京藝術大學。〕

「哦？」我好奇地說。

再翻開一頁，赫然是年輕「蕃藷」的結婚照，完全日式婚禮的裝扮，「蕃藷」穿著和服，手中拿著一摺紙扇，嘴角留著小鬍子，新娘美得出奇，修長如柳的眉及圓澄的眸子，是日本女性中少有的。

「歐桑，鈴子。」「蕃藷」的聲音輕得出奇。

我慢慢覺得胸中有一股炙熱的情緒翻滾起來，我再盯了那張照片許久，才將相簿又翻過了一頁，衝入眼簾的是「蕃藷」和妻子穿著和式家居服在榻榻米上的合照，「蕃藷」懷中抱著一個約周歲上下的孩子，孩子正舉手在揉眼睛。

照片上有反白字「福田君一家寫眞」。

「這個？」我偏轉頭想問他，卻發現他不知什麼時候溜走了。

「托西的孩子，春彥君，彼時托西已被招贅入了內地籍了！」莊老先生微笑地向我解釋說。

「入內地籍？」我驚詫地問。

「嗯，娶了他美術老師的女兒鈴子小姐，歸化日本。」

我心中的熱血洶湧地滾動起來，我自認爲似乎漸漸地領悟到，他那天在畫室中大發脾氣的因由了。

「沒有什麼稀奇，當時在日本的留學生，歸化內地籍的太多了！」莊老先生似乎看出我驚訝的表情，微笑地解釋說。

我再把相簿往後一翻，和前面一樣的五個年輕人和一個穿馬褂的長者的合影。

「丘念台先生。」老先生指著穿馬褂的先生說。

「嗄？」我被這個名字嚇了一大跳。

我表情一定很奇怪，莊先生緊盯著我，炯炯有神的眼睛，似乎可穿透我軀殼直達內心深處。

「他那個時候也在東京，我們台灣去的留學生都叫他『大家長』，他一直和我們有密切的聯絡，九一八之後他就勸我們回唐山抗日！」

「回唐山？」我訝異地說：「抗日？日本人准許你們？」

「當然不准！用溜的！我們從朝鮮到滿州國，然後趁機經平津溜到了上海，三個人就留在上海，我和托西則溜到廣東。」

「你們？」我大叫起來。

老先生文文地笑著，默不吭聲地把相本再掀了一頁，赫然是他們的戎裝照，上面有反白字體「民國廿五年。上海」。

我忍不住地感到全身冷了起來，輕輕地把相本擺在桌上。

老先生一直文文地笑著看我，偶爾把桌上的酒杯輕輕地拿起來沾一下嘴，許久許久才慢幽幽地說：

「因為我們知道當時廣東的保安司令鄒洪將軍是台灣新竹人，所以我們便以祖籍廣東的身分在那裡加入了軍隊，我們在廣東待了一段時間，我們那個單位調到上海，後來併入了防守上海的部隊……。」

我完全被老先生談的往事震懾住了，我作夢也沒想到那猥瑣的「老蕃諸」竟有這樣嚇人的經歷。

「在上海時，托西還輾轉從幾個台灣同鄉中接到台灣家裡的音訊，據說日本人曾到屏東老家找他好幾趟，他們起先以為他從日本回台灣了，後來日本人不知道怎麼得到密報，知道我們五個人到中國參加抗戰去了，因為我們已入了內地籍，所以日本人便通緝我們，說我們『叛國』！」

「……」我靜靜地聆聽莊老先生的談話，連喘氣也放得輕輕地，我生怕鼻息大了會打斷他的談興。

莊老先生兩頰酡紅的酒暈，在黯淡的燈光下閃閃反著光，眼神淒迷，似乎已漸漸墜入了久遠的記憶中了。

「叛國？哈、哈，叛誰的國？我們記得很清楚丘念台先生當時告訴我們的話：『回中國去，這一場仗，中國遲早會打贏！中國贏了，台灣才有希望！』我們就是聽了他這一句話才歷經九死一生回去的，幹，我們回去了之後才逐漸明白，念台先生忘了告訴我們一件重要的事，經過了幾十年的隔離，中國人已經不眞的把我們當中國人看了，他們雖然也允許我們以祖籍廣東的身分加入軍隊，但是當上海保衛戰打得激烈，情勢愈來愈不利於中國軍隊時，我們卻莫名其妙地被關了起來，他們說因爲軍機一直洩露，因此有人密告我們有間諜嫌疑，間諜？日本人的間諜？我們大聲申辯，我們是冒著九死一生回來抗日的，怎麼會是日本人的間諜！但是他們只是苦笑說：『因爲告密的人說你們台灣人是半個日本人，嫌疑最大，所以……我們迫不得已，只好「暫時」逮捕你們，我們會再仔細查一查，還給你們清白！』

後來日本軍終於攻陷了上海，中國軍或許是因爲退得太快，忘了我們，還是別有原因，臨走時他們竟忘了我們！我們被關在一所小學的倉庫裡，炮彈一顆顆地落下來，擊毀了學校的建築，牆壁倒下來，灰塵漫天，我們嚇得屎尿流了一褲子，跪著呼爸叫母，幸好後來一個死也不願意離開上海的老校工，在最後一刻開鎖放了我們。

他邊開鎖邊罵，他說要不是看在同爲中國人的份上，他才不管我們這些叛國賊的死活！

「叛國」這兩個字像子彈一般射入我們心崁中，我們眞是痛心極了，我們剛叛了「日本國」回來，結果才幾年工夫，現在又叛了另一個國，我們變成雙重的叛國賊了！

我們在烽火漫天的上海，就像是喪家之犬，到處亂竄，呼天不應叫地不答，這時對那個懷疑我們「叛國」的軍隊，我們是不敢再回去投靠了，於是在走投無路的情況下，我們只好去投靠了在上海的幾位台灣同鄉，沒有想到竟在那兒碰到了昔日一起從日本到中國來的那三位好友，大家見面恍如隔世，當時他們正在爲上海的一個地下刊物工作，這個刊物據說是由一個後方的組織支持的，因爲他們也標榜抗日，一個遠離祖國四十幾年的台灣同胞，哪裡曉得祖國內的許多事情呢？當時我們回祖國的目的就只有一個，協助祖國抗日，使台灣早日從日本人的壓制下解放出來，因此，只要是抗日的事，我們便毫不猶豫幹了，上海雖然是淪陷了，但是我們和三位好友卻留下來繼續從事地下抗日的工作，我們當時的處境眞是奇怪，日本人到處搜捕我們，鋤奸團也處處伏擊我們，等到我們那三位好友中的一個被「鋤奸」掉了，我和托西才知道我們加入的團體竟是共產黨的外圍，於是我們的信心開始動搖了，結果一個夜黑風高的晚上，我們另外一個朋友慌亂地跑來告訴我們快點逃！共產黨在上海的組織因爲一直被「鋤奸」，他們已經開始懷疑我們是「國特」，我們是「叛徒」了！所以決定要在當天晚上把我們也「鋤奸」掉！

這是如何荒唐的時代啊！我們在幾年之內竟連連被三個方面認定是「叛徒」，我們的「母親」在哪裡呢？當初我們懷抱著必死的決心，離開下關狂熱奔赴母親一般的祖國現在在哪裡啊？我們開始懷恨起念台先生了！他在日本只一味地叫我們回去「愛」，要回去「擁抱」母親，但他沒告訴我們要如何愛？分裂了的祖國，兩、三個方面都說是我們的母親，但又都懷疑我們這些回去的孩子，我們到底要去抱哪一個母親呢？

我們漸漸了悟到一些事情的眞相了。但現在我們卻哪裡也回不去了！哪裡都稱我們是「叛徒」，在絕望的時候，我們想到落到這個地步，只好一死了之了，但當我把手槍舉到耳際，我卻又想起了台灣鄉下的老家，我們的父母，我們的兄弟，想到我現在竟要像一隻狗般毫無價值地死去，我便扣不下扳機了，我遲疑著，突然我把槍瞄準了對方的心臟，一邊叫罵：『幹，叛徒，叛徒……我斃了你，我打死你！』托西也一直哭，邊哭邊喊：『幹！你才是叛徒，我……我槍斃你！』我也大聲喊回去：『幹你老姆！你才是叛徒！我……我……槍．斃．你——』我們喊來喊去，喊到聲嘶力竭，結果誰也沒把誰槍斃，我的槍口愈打愈低，最後把子彈全都打到地上，而托西卻把槍口愈打愈高，打到最後，把子彈全都打向天空，我們就這樣對著天、地，一直憤恨地把所有的子彈都打光才住手，然後，兩個人緊緊地抱著在原野上哭了一夜……。」

講到這兒，我聽到莊老先生長長地嘆了一口氣，便停住了。

「這以後的事情呢？」我這時正聽得熱血洶湧，看著莊老先生打住了話題，一逕地喝酒，沒有再講下去的意思了，慌忙大聲地追問。

「……」莊老先生似乎全沒有聽見似地，只顧著喝酒。

「你們就這樣回到台灣來了嗎？」

他聽我這樣問，似乎覺得好笑似地，放下酒杯慢條斯理地說：「怎麼回來？你忘了日本人還到處在追捕我們，說我們是叛國者啊！回去不是剛好自投羅網？」

「……。」

莊老先生看看把我問住了，才又微笑著說：

「我們到那個時候可就眞成了沒有國籍的人了！我們流落在中國境內，當乞丐，當小偷，偶爾……說得難聽一點，也當過半個強盜，雖然沒殺害任何一條生命，我們……我們那時可眞是變成一隻狗一樣了，只求能塡飽肚子，能活命，只求有一天戰爭能結束，快點回家鄉去，只要不死，只要能再見到父母，人家再罵我們是漢奸，是叛徒，我們都不在乎了，反正，我們都明白了，這個世界，就像男人的卵鳥一樣地污穢骯髒，我們什麼也不在乎了，我們就眞的像一條狗一樣拖拖磨磨地活到了戰爭結束，然後從廈門以難民的身分被遣回了台灣……。」

「回到台灣以後呢？」我望著僵凝著默不吭聲的莊老先生，又急切地問說。

「……」莊老先生這回卻只是文文地笑著睨了我一眼，搖了搖頭。

「蕃藷伯又怎麼變成賣蕃藷的老人呢？」莊老先生的談話大大地震撼了我，我就像看到了一部動人至極的小說一般，按耐不住急著想把它的後半部也一口氣讀完。

「……」莊老先生一直文文地笑著，偶爾端起酒杯茗一口酒。

「後來……你們回到台灣以後又怎麼樣了呢？」我連連地想套出他的話，引導著他說。

「你是想要知道哪一方面的事嘛？回到台灣以後我們發生過很多的事啊！」莊老先

生用雙掌把臉揉了揉，從他的指縫中，我好似瞥到他眼眶中的淚光。

「所有的事！」我激動地說：「一切發生在你們身上的事，我都想明白！」

莊老先生放下蒙臉的手，又大口地喝了一杯酒，用手順了順銀白的髮，才一拍大腿說：

「好！講些歷史給你這個後生仔聽聽也好，讓你明白我們走過的憨路，也免得你們雄綳綳，不知天下生著什麼樣！

回到台灣的時候，我們被台灣農村的破敗、貧窮嚇了一大跳，雖然我們在大陸也看了許多貧窮的農村，但是我們知道我們離開台灣時的農村，還是比大陸的農村進步得多的，沒有想到一場戰爭打下來，台灣的社會也和大陸一樣是千瘡百孔了，但是那個時候台灣的人民，卻為歸回祖國的懷抱而歡天喜地，暫時忘掉了困窘的現實生活，我和托西因為去過大陸，對很多事是看破了，但是卻拗不過熱情的鄉親，硬被請出來教他們北平話，那時很多學校在戰爭時被炸燬了，沒有教室上課，便找了家鄉的媽祖廟暫時當作教室，沒有黑板，沒有粉筆，便在廟埕泥地上用樹枝書寫，他們都很恭敬叫我們「先生」，我們自己知道我們的北平話其實是很差的！但那個時候也管不了這些，改朝換代了嘛，總要學過另一個朝代的話，那時我們總是心裡想，熬了五十年總算捱到自己人來管我們了。

沒有想到，後來事情莫名其妙地發生了，我們又打仗了，我也不知道怎麼被捲入事件之中，家裡的人叫我趕快逃，我就躲到南太武山裡去，過了幾個月，事件平息下來，我在山裡又躲了一年才敢從山裡出來，出來後便聽到托西在事件發生時，眼看死了這麼多人，想出來替雙方調解，結果因爲村裡已死了一些人，家裡死掉人的村人便遷怒他，大罵他是「台奸」三腳仔！硬把他拖去活埋！幸好他老阿姆跪下來求大家，才把他從坑裡拉起來，他的命是撿回來了，但是另一方卻又不放過他，他逃了幾個月，事件和緩了才被抓到。

後來他去坐了十幾年的牢，從牢裡出來之後，人事全非了，我自己則費了九牛二虎之力在高雄的學校謀了一份美術老師的教職，托西出獄後，感到沒臉在家鄉待下去，伊阿母那時也過世了，於是便跑到台北來，我後來聽他說，他曾經畫過一段時間的電影看板，賣過肉粽，掃過馬路……做過很多事，他向我說，做什麼事都一樣，反正這輩子已經完了，既然沒有勇氣自殺，拖拖磨磨過完這世人也就是了！東京美術學校的畢業生，幹了一輩子囊葩事，作了一輩子龐大的夢，到頭來賣蕃藷渡老年！少年仔！我剛剛聽他說你要向他學畫？你想畫什麼呢？這樣的人生還有什麼好畫的呢？」

莊老先生說完話，向我舉舉酒杯表示能講的都講完了，還是喝酒吧！我仰頭把滿滿一杯酒乾了，便和他對坐著緘默起來，各自陷入沉思之中。

也不知道過了多久，直到聽到臥房那邊傳來嘔吐的聲音，我才慌忙起身往臥房走去。

走進臥室，看到「老蕃藷」雙手正撐著床沿在嘔吐，我忙過去猛拍他的背，撫著他的背，才發現他竟如此地嶙峋，心裡不禁想到：啊！這是如何受盡折磨的身軀哪！這個老蕃藷，這個老蕃藷，我一陣心酸，眼眶倏地酸熱了起來。

料理完「蕃藷」嘔吐的穢物，我幾乎是用逃的衝出了他的家。

整個晚上，我騎著腳踏車在市區內繞了一圈又一圈，想著童年時代祖父告訴過我的，曾經被日本軍徵調到新幾內亞作戰，而死在那裡的一個堂伯父的故事，我猛地似乎了悟了，過去生長在這塊大地上的子民們巨大而無奈的哀傷。

我把腳踏車踩得飛快，讓淚水遏止不住地從眼眶中如泉水般，一波波地湧出來，灑落在我騎過的大地上。

八

我終於沒有去向「老蕃藷」學畫，這一方面的原因，固然是因爲我內心深處埋藏著某一種深刻的悲哀與內疚，更重要的是，因爲接下來的畢業考和畢業美展使我忙得不可開交，拿到畢業證書辦完畢業美展，我的兵期眼看就到了，我必得馬上整理行裝回家鄉去一趟，和父母親住上一段時間，然後去當中華民國的陸軍二等兵。

清理宿舍裡的書籍和衣物就整整花了我兩天的時間，等到我把書籍運去寄火車之後，我才找了一個時間去向「蕃藷」道別。

他依舊推著那輛破攤車子在體育場附近賣蕃藷糖，我走近他的時候，他正忙著爲一群高中生翻撿蕃藷糖，頭也沒有抬起來看我一下。

我在他旁邊站了好一會兒才囁嚅地開口。

「蕃……蕃藷伯！」

「哦！投手啊！要不要吃蕃藷？」他抬起頭來，有點靦覥地笑著。

「我……我是來向你道別的！」

「你嘜去叨位（那裡）啊？」他邊撿著蕃藷邊問。

「畢業啦！想回家去一趟，準備當兵啦！」

「哦！」

「……」我咬了咬嘴唇，想把話說出來，但才迸到喉際又呑了下去。

「不想學畫了？你以後放假有空還可以來找我嘛！」他低著頭幫那些高中生用塑膠袋包著蕃藷，邊向我說。

「我……」我忍了忍，終於把話迸了出來：「我是特地來爲那天晚上的事道歉的！」

「啥代誌啊！我嘜記了！」他依舊低著頭。

「就是……就是我罵那些人漢奸、台奸的事啦！」我憋足了勁說。

「……」他抬起頭默默地盯著我。

「……」我也哀傷地回盯著他。

「莫要緊啦！習慣了，我也常常被人家這樣罵！」他故作輕鬆地笑著。

「……」我一直忍著不讓眼淚掉下來。

「不過，你眞正嘜壞啦！從來沒罵過我是漢奸或台奸！」

「放屁——」我大聲地吼了出來，把那一群高中生嚇了一大跳，然後掉頭就走。

「做蕃藷糖的不放屁，吃蕃藷的才放屁！」我聽到他在背後哽咽著說。

我快跑起來，很快地越過了那個操場……。

——原載一九八四年《文學界》第十集

5 突襲者

●眷區宿舍　凌晨四時十五分

靜悄悄地，圍牆內的宿舍區籠罩在一片寂靜寧謐的睡幕之中，只偶而可以看到一兩隻輕巧走在屋脊上的貓的剪影，幽靈似地，慢幽幽踩著碎步子，晶亮的瞳子在黑夜中四處張望，走到屋脊盡頭，拱起身子，一竄，「嗒。」很輕微的一聲，落在對面屋脊上。

「喵——」慵懶地叫了一下，繼續慢踱著，一步，一步，一步……。

那貓好像警覺到什麼，猛地一轉首，晶亮的瞳子剪向圍牆的方向，有點驚嚇到了，快步跑起來，在黑夜的月光下，拱起身一躍……

●植物園一角　凌晨四時十五分

他來回慢踱著，沿著荷花池畔的走道，從這頭走到那頭，走一百步。九十六、九十七、九十八、九十九、一百。轉身一、二、三、四……。

這樣的工作眞是無聊透頂了，整夜沒睡，從凌晨兩點鐘，一直就這樣重覆來回地走，五十來歲的人了，那裡經得起這樣折磨，走沒幾趟，全身骨頭又酸又疼起來，尤其這種初春時分，過了十二點，露氣就重了，腿部關節炎的毛病更是咻咻作痛起來。

這輩子造了什麼孽，什麼工作不好幹，偏偏選上了這條路，換了別的行業的人，早就回家躺在被窩裡抱老婆了，那還會在這裡受這種罪。想到家，心裡就不由自主煩了起來，要不是爲了這個家，早就想申請退休了；尤其最近這些日子，對這種工作眞是厭透了，自己在這裡受寒受凍，就不知道那妖嬈的妻子在家裡幹什麼？八成還在牌桌上吧！最近她們也實在不像話，連著幾天都是通宵，白天在家裡睡大頭覺，他大清早回到家，看到她們橫七豎八地倒在客廳的沙發上呼呼大睡，心裡就火冒三丈，告訴過她好幾次了，最近這幾天，兩個孩子要考試了，叫她們歇一歇，孩子考完試要玩再去玩，說得這麼清楚，她就是把它當耳邊風，睬也不睬。

難怪那兩個小鬼看不慣，一大早就溜去學校了，他回到家，臥室裡早沒了他們的蹤影，棉被亂糟糟堆在牀上，臭襪子，托鞋，沾滿泥巴的球鞋……，拋得滿地都是。最看不慣的是那雙沾滿濕泥巴的球鞋，那麼髒了也不曉得拿去洗一洗，就往門角一扔，他實在看不過去，把它拿到浴室洗洗刷刷了一番，擺到屋後晾乾。但是到了第二天早上回來，卻又是沾滿泥巴，扔在門角。他眞是感到惱怒至極了。

這兩個孩子到那裡去玩得這麼野？老大今年暑假就要考大學了，老這麼好玩，不管管他們怎麼行？

他邊踱邊漫無邊際地想著……踱著踱著，實在感到累了，便在石椅子上坐下來，從口袋裡掏出一包煙，抽出一支銜在嘴上，摸摸口袋卻找不著火柴。

「喂——」他向著矮樹叢那邊喊。

「有沒有火柴？」

一包火柴，從矮樹叢後面拋過來，在淡淡的路燈下，劃一個弧線，落在他的跟前……。

●眷區宿舍外　凌晨四時二十分

幾聲犬吠聲，猛地從圍牆內探出一個頭顱，然後，兩手伸上來攀住圍牆，一躍翻上去，再一躍，從裡面躍出來。

腳一落地，他四處張望，看看沒人，便輕巧地從圍牆外的巷子跑出去……。

腳步很輕巧，一點聲音也沒有。

●植物園一角　凌晨四時二十分

他坐在石椅子上，巴滋巴滋抽完一根煙，把剩下的煙頭往荷花池裡一扔，煙頭「淒——」一聲，熄了，他抬起左手看一看錶，夜光的電子錶面上寫著四點廿分。

他忙站起來，繼續著剛才的漫步；來的時候，他們就一再交代過，從四點到五點是最危險的時刻。幾個受襲擊的人，都是在這個時限之內發生的，他們都異口同聲地說，他們都是在猝不及防的情況受到襲擊的，受擊的部位都是在後腦部，「碰」，腦門一痲，整個人便昏倒過去。

第一個受害者，是一個上校退伍的老先生，他是早覺會的會員，每天早上四點鐘左右，他便第一個到植物園裡打太極拳，上上個星期二，他正在荷花池畔的亭子裡打拳，突然被人從背後用磚頭擊昏，醒來的時候已經躺在醫院裡，是他的會友們發現後把他送到醫院來的。

警方趕來的時候，他已經醒過來了。

「媽拉個巴子，俺和人也無冤無仇，那個兔崽子用這種卑鄙的手段對付俺？要不是俺昏了過去，憑老子太極拳的功夫，一拳俺就打死他！」他向著查案的警員惡狠狠地說。

「看到兇手的長相沒有？」問案的說。

「沒有！腦袋一麻，俺就昏過去了！」

接著又有好多人受擊，一天一個，賣豆漿的、送報紙的、掃馬路的……都在植物園一帶，時間都在凌晨四時至五時左右，受擊者都是五十歲至六十歲左右的男性，唯一目擊到兇手的，是一個掃馬路的受害人，那天下著毛毛雨，掃完馬路，他橫穿過植物園要回家，突然從棕櫚樹後面衝出一個人，用磚頭往他後腦一擊，迅速跑開：他受創後轉身看到兇手背影才昏倒過去。

「兇手是少年仔！」他肯定地說。

「男的，女的？」問案的問。

「男的！」他抓抓頭隨即又改口：「不，女的！」
「長髮還是短髮？」
「長頭毛！」隨即又改口：「不，沒頭毛！」
再問下去，他說：
「嘸知啦！我給伊打得烏煞煞，看莫清啦！」
不過唯一可以肯定的，兇手是年輕人，專打五十歲至六十歲左右的男性，都從背後出手。
心理學專家們分析說，這年輕人一定特別憎恨某一個權威角色，但又不敢正面反抗他的權威，所以才專找背影像他的對象下手，又因為不願意正面面對襲擊的對象，避免破滅他編造出來的幻象，所以才從後面下手。
他是管區警員，年齡又恰巧在警方設定的年齡內，因此刑事組才借調他來當餌，讓他穿上便服，故意在清晨時分到植物園來漫步。
今天，已經是第四天了，卻一直沒有出現兇手的蹤影，但是，這四天來，卻也沒再發生兇案。
一步、兩步、三步……。他邊走邊胡亂地想些事，想到自己在警界已經混了這麼多年，大大小小案件也不知道辦了多少回，每次出勤，出生入死總是他打頭陣，確也有過英勇的日子，並且還因此受過好幾次勳呢！平時，在家裡一喝起酒來，就喜歡向他的兒子們吹噓這些光榮的往事，但他年少的妻卻老當著兒子們潑他冷水。

「眞有這麼行嗎？牀都征服不了的男人，說這些不覺得慚愧。」他的妻這樣說話的時候，神情是有些猥褻的。

他的兒子們總是冷冷地看著他，神情上對於他妻子說的話好似懂又好似不懂。縱使是這樣，他依舊喜歡在喝過酒之後，向他兒子們吹噓，因爲在如此吹噓的時候，總可以使他沉浸到往日英勇的幻境之中，得到某種程度的自慰。

曾經是這樣英勇的人，如今卻只能充做辦案時的餌的角色，這不禁使他有年華老去的感傷從胸臆中漫溢開來。

如此胡亂想著，竟有些煩悶起來，又想再抽支煙，順手往中山裝的口袋裡一撈，不意竟掏出一付紙牌來，他一怔，隨即就著路燈的光，一張一張地審閱起紙牌後面的裸女圖片……。

●野地田埂　凌晨四時四十五分

那個身影在田埂上跑，有點慌張的樣子，身影搖搖晃晃地，好幾次滑落田中……。

●植物園一角　凌晨四時四十五分

他看完這些紙牌，陷入了沉思之中。

這些紙牌是從他大兒子的抽屜中抽察到的；起初第一次抽察到這樣的東西，他又震驚又憤怒，想好好把他修理一頓，但隨即又想到紙牌說不定是他的妻子買的，玩過了沒收起來，孩子好奇便收到抽屜裡去了；這種設想，第二天當他看到他大兒子，看他對紙牌被沒收並沒有反應的時候，他便放心了。

但是後來，又發現第二次、第三次……。他才又感到不安起來，但面對好似懵無所知的兒子，卻又不知道罵什麼好，於是藉口說聯考到了，還如此不專心，到處亂跑，把他訓斥了一頓了事。

他本打算直接告訴他的妻，叫她以後不要再買這樣的牌回來，但不知爲什麼，他就是沒辦法向他的妻啓齒談這件事。

「連牀都征服不了的男人。」

一想到他太太這句話，他就感到羞慚得無地自容。

但是這種情形卻不能讓它如此下去啊，因爲他從大兒子的抽屜中，陸續地發現了更多令他驚怒的東西來，女性三角褲、奶罩、衛生棉，最後竟發現了保險套。

他眞是又憤怒又寒心了，才高中三年級，就……就……不像話！

於是，他每天都偷偷地檢查他的抽屜，發現這些東西就把它沒收，藉口他不用功讀書揍他一頓，他揍得很狠，看得連他小兒子臉都發白，直嚷著要求他住手，他沒有理會，打得更兇，他希望他大兒子自己明白爲什麼挨揍，而自動地丟棄那些荒唐的舉止。

他這樣懲罰他，他大兒子好似明白又好似不明白他的動機，只是，慢慢地，他這個性原本怯懦的兒子，竟逐漸地變得蠻橫起來，有時他揍了他，他竟用惡狠狠的眼光反盯他，那種眼光冷得他打從背脊骨裡直泛起寒氣來。

「怎麼會是這樣一個孩子呢？」看著他兒子的神情，他不禁絕望而哀傷起來，頹喪地癱坐在椅子上。

昨天早上，他又從大兒子抽屜中找到了這副黃色撲克牌，但同時他卻發現在紙牌的下面竟壓著一張字條，他拿起一看，上面寫著：「偷開人家抽屜是最卑鄙無恥的行爲！」

這……這算什麼話，敢對自己的老子留這樣的字條！非好好教訓他一頓不可。可是他一直在家裡等到天黑，他大兒子卻沒有回來。他只好忍著氣回局裡報到，出來執行勤務，但心裡盤算著，明天再找他算帳。

「不成材的東西！」他咒罵著，生氣地把手中的紙牌一扔，扔到荷花池中，幾張牌浮在水面上，上面的豐乳裸女在路燈黯淡的光映照下，正像嫵媚地迎面向他招手呼喚，他猛地竟打了個抖嗦……。

●野地圳旁　凌晨四時四十八分

那個身影，正傾身把腳伸到圳水中，將鞋上沾的泥巴洗一洗，洗完一腳換另一腳。然後一股腦兒坐在圳堤上，大口喘著氣，彷彿跑了一段路，有些氣急了……。

●植物園一角　凌晨四時四十八分

他倚著燈柱滋巴滋巴，一根接一根地抽著煙。

●野地圳旁　凌晨四時五十二分

那個身影，躺在圳堤上，兩眼空茫茫地望著逐漸西傾的弦月。

一聲雞的啼叫，他猛地坐起來，眼中泛出猙獰的光芒。

●植物園一角　凌晨四時五十二分

「老劉，老劉！」矮樹叢那邊有人輕聲呼喚他，荷花池畔沒有回聲，他坐在石椅子上睡著了。

●植物園門口　凌晨四時五十七分

一個身影，一閃，進入了植物園內。

●植物園一角　凌晨四時五十七分

他正夢見一對大乳房，猛地向他的臉壓來，把他的頭夾在乳溝中，他唔唔不已地掙扎著，把臉歪向一邊，繼續打著呼，酣睡著。

●凌晨四時五十九分十秒

輕悄的腳步聲。嗒、嗒、嗒……。

●凌晨四時五十九分二十秒

酣睡的打呼聲……。

●四時五十九分四十秒

嗒、嗒、嗒……。

●四時五十九分四十五秒

嗒、嗒、嗒、嗒……。

●五十九分四十六秒、四十七秒、四十八秒、四十九秒、五十秒……。

老劉……

矮樹叢那邊有人大聲喊。

同時，一個身影，突然從椅子後面冒出來對準他後腦門，高舉起紅磚砸下！掉頭就跑！

他感到一陣劇痛，跳起來，轉身，隱約看到逃去的身影。

「別跑！別跑——」埋伏在矮樹叢後面的刑警竄出來，從後面追趕上去。

「碰——」追趕的刑警掏出槍來，對空鳴了一響。

「再跑要開槍了！」

那個身影沒有停止，繼續向前逃……。

「他……」望著那個身影，他訝異地張大了口，呻吟了一聲，一陣天旋地轉，昏倒過去，最後一個閃過他腦海的影像，竟是他小兒子天眞刁鑽的笑顏……。

五點半，天漸漸亮了。

——原發表於一九八二年《自立晚報》副刊

6 被迫害妄想症者

時間：某日午後三時。
地點：杭州南路一段，某精神科醫生的私人小診所。

那是一間小小的晤談室，醫生是一個三十五、六歲左右，卻有著一種遠超出他那種年齡的穩重氣度的中年人，身材微胖，帶著一副淡茶色的近視眼鏡，鏡片很厚，但也掩藏不了眼鏡背後埋藏著的一雙銳利的眸子，那種深沉的眼神，帶著些微憂鬱，但當他眨動的時候，卻又有如黑夜中的貓的眼瞳，好似可以穿過那厚厚的鏡片，洞察一切偽裝，猛地剪入與他說話的人靈魂最深的地方去一般。

此時他正靜靜地凝視著坐在他對面的來求診的病人，來求診的是一個年輕人，面孔清秀，卻透著一種些微病態的蒼白，從他的穿著看來，他好像是剛從大學畢業，初初踏入社會的那種年輕人，這個季節天氣並不冷，但是他卻穿著一件深綠色的夾克。

看他們那種樣子，好似他們已經談了有一會兒了。

年輕人顯得有點焦躁，一再地挪動變換他的坐姿，從他那種細碎的，些微顫慄的腳部的小動作，可以了解他正處於一種極度不安的心緒之中。

醫生則安穩地坐在對面一把有著黑色假皮面的大靠椅上，此時他的眼神是柔和地、溫暖地，還似乎帶點兒慵懶的味道，有點像……唔，有點像一個老母親正在傾聽他年幼的么兒子向她訴苦時的神情一般。

他：

現在我很憂鬱，很憂鬱，不知道是爲什麼，我……我以前不是這樣一個人，醫生，眞的，我以前，以前我還在大學的時候，我每天都很快樂，快樂得好像從不知道什麼叫憂愁，我們，我和全班的同學，我們常常有舞會、烤肉、郊遊、自強活動……，那個時候，我眞的是整天很快樂。

可是，我就是弄不明白，離開學校才一年多，我竟變成這樣，我清清楚楚知道，我變了，變得很不正常了。尤其最近，我常常想到要自殺，常常想，我假如有一把鋒利的刀片，我……（他用右手的食指在左手的腕上來回比劃著）反正，我……我不知為什麼，我就是感到很憂鬱，莫名其妙地就是老想要……，想得很可怕，很可怕……。

他說著，把右手食指收回來，然後按著順序壓著每一根指頭，拍，拍，拍……，從右手拇指開始，壓完右手換左手，拍，拍，拍，……，壓完一遍，又重頭來一次……。

醫生只是冷靜地看著他這些小動作，慵懶地傾身向後靠在大皮椅子上。

醫生（笑了一笑）：你從進門到現在，足足說了二十分鐘的憂鬱了，到底是怎麼個憂鬱法呢？能不能形容一下給我聽聽看？

他（停住了手上的動作）：我……我也不知道要怎麼說，就好像……就……唉——就是很憂鬱啦，老是覺得日子好像漫漫無際，一天二十四小時好像過不完似地，就……就是覺得很孤獨，很寂寞，好像被人丟到荒山裡一般，覺得……覺得全世界都沒有一個人可以做朋友（這一句話突然說得很重），好像全世界的人，不，不只是人，全世界的東西都是虛假的，騙人的，這個世界……唉，我眞的不知道怎麼形容才好，反正，一切都讓我感到沒有希望，沒有活下去的慾望，沒有意思，總想要……，但想想死了也一樣沒有什麼意思，到底活著好一些呢，還是死了好一點？我也——我也弄不清楚啦，只是很憂鬱，這裡……（他指指自己的胸口）悶悶地，好像有什麼壓著，睡也睡不著……。

醫生（輕輕打斷他的話）：

哦？常常失眠？

他（迅即地）：

不，我以前是很好睡的人，不論在那裡，隨便一躺便可以睡得很好。

醫生：但你剛剛說睡也睡不著？

他（嘴角輕輕抽動了一下，厭煩似地）：

嗯，就是這一兩個月，不知怎地，就是睡不著，耳朵老是咕咕叫個不停，常常望著天花板到天亮，我……我不敢閉起眼睛，一閉眼就感到有什麼形狀的東西，重重地壓到我的胸口上來，我覺得我好像控制不了自己，就要喘不過氣來……。

醫生（眼裡閃過一種異樣的神采，打斷他的話）：

你說你閉起眼睛就看到什麼形狀的東西？

他被這一問，更加不安起來，眼神似乎不知道要掃到那裡才好的感覺，一會兒看看桌子，一會兒又看看自己的手指甲，然後把頭低得更低，一直看著自己的褲襠，手不停地揑自己的大腿，揑一下，放一下，又揑一下……。

他：

我……我，像……唔……

醫生（放射出最柔和的眼神，用著最令人信任的語調）：

沒有關係，你慢慢想看看。

他（用力揑了一下自己的大腿，猛地迸出話來）：

像一個好大好大的**？**好大，好大……。（他用顫抖的食指在桌上劃出那個符號）捲捲的，像捲起的毛髮一般……

醫生猛地一震，眉毛揚了一下，閃電般地，在大約十分之一秒的時間之內，從瞳子的深處，剪出一絲銳利的神色。

他（面色通紅，喘著氣，有點歇斯底里起來，嘴唇細碎地抖著）：

很龐大很龐大的影子，彎彎曲曲，出現一下，又消失，又出現，又消失，很大很大的「**？**」整個晚上，一直重複出現，我……我害怕死了，醫生，我……有病對不對？

醫生（關切地）：

這種情形，出現有多久了？

他：

最近這兩個月才這樣，我……我怕死了（哽咽起來），醫生，我有病對不對？我

……

醫生（拍拍他的肩，微笑地安慰他）：

你不要緊張，這種東西不能這樣子武斷，我覺得……好像沒有太大的關係，你想一想看看，你曾經聽到過什麼奇怪的聲音嗎？譬如……覺得有人在不停向你講話嗎？

他：

沒有！

醫生：

走在路上，會覺得旁邊的人看你的眼神怪怪的嗎？

他：

不會！

醫生摸摸下巴，好像在沉思什麼。

他：

不過……，有時候好像覺得，老有什麼人跟蹤我似地，我……我覺得，說不定我會被……被幹掉！最近新聞上不是說有人被幹掉，兇手一直抓不到嗎？我……我也怕……。

醫生抬起頭，又有一絲銳利的眼神從瞳子中剪了出來。

他（嘴角急劇地抽動起來）：好像，好像……，有很多的眼睛，像X光，要檢查我……檢查我每一寸毛孔，要檢查，要檢查……。

（他好似很驚慌，竟雙手掩面抽泣起來）。

醫生默默地看著他，沒有任何表情，沒有任何動作，靜靜地坐著凝視他，深怕一發出任何聲響，就會把坐在對面的他激動的情緒打斷似地。

他（雙手緊緊掩著面，邊抽泣邊說）：我害怕，我……嚇得要死，我覺得好像有什麼東西要看透我的……我的……我的思、想。我……我最近不知道爲什麼會產生那種思……想。

醫生（又是一顫，然後把聲音放得很低、很誠懇）：什麼樣的思想？說給我聽一聽好不好？

他把臉從手中抬起來，瞄了一下醫生，又驚慌地埋回雙手之中，全身不停地顫抖。

醫生：

你儘管講沒有關係。我是醫生，我們有我們做醫生的道德，我一定給你保密，你儘管向我講沒有關係！

……

他依舊把臉埋回在雙手之中，全身不停地顫慄。

醫生（溫柔地，誘導地）：

爲什麼不敢講？不信任我嗎？或者你覺得說出來害羞？

他猛地一逕搖頭否認。

醫生：

那爲什麼不敢講呢？除非你那種思想（若有所悟）……是不是這樣？

他（突地把雙手挪開，抬起頭，神色悽厲地吼起來）：

不是，不是！都是他們亂講，他們卑鄙，他們無恥，他們亂扣我帽子，我根本沒有這樣想，他們到處亂傳話，我每說一句話，他們就傳得很難聽！他們……他們太可怕了！爲什麼我每說一句話，他們都知道，害得我連一句話也不敢說，我不敢發牢騷，我不敢生氣！我不敢……我……什麼都不敢有意見！我只能像木頭人，我……他們太可怕了！

醫生（靜靜地看著他，臉上很微妙地閃過一種痛苦的神色，帶著深深的憐憫向他說）：

你從來沒有試著把你的這個思想說出來嗎？

他（又迅速把臉埋回雙手中）：

沒有！我……我不敢！

醫生（伸過手來撫摸他的頭，像撫摸自己的兄弟一般）：

但是，說出來也許會好受一些啊，對不對？連你最要好的朋友，你都不敢告訴他嗎？

他（慢慢地安靜了下來，默默地把雙手挪開，低垂著頭，像一隻垂死的獸一般）說：

我沒有辦法告訴他。

醫生：為什麼？

他（絕決地）：他不在！

醫生：哦——出國了？

他（緊咬著嘴唇，咬得幾乎要流出血來）：不是！

醫生：那他……他（忽然領悟到什麼似地，聲調轉為哀傷起來）過世了？

他（抬頭看了醫生一眼，隨即又低下頭去，眼眶中充滿了淚水）：不是，他沒有死！他只是暫時不在！這幾年都不會回來。

醫生露出迷茫的眼色，默默盯著他。

他（咀咒地）：

他……我眞不明白，他……好好的小說不寫，不關他的事他偏要參加，唉，他……

（竟抽泣起來）。

醫生突然遭到蛇噬一般，他似乎明白了，而且顯然受到了極大的震撼，籠罩著眼前這個病人的迷霧，霍然開朗：他明白了，而且深切地感到痛楚，雖然他極力地掩飾，但那驚悸沉痛的眼色，還是無可掩藏地從厚厚的鏡片後面流洩出來。他，墜入了沉思之中。如此，僵凝了好一會兒，彼此都沉默著；沉默竟是這時最好的溝通方式。

他（怯怯地偷瞄了醫生一會，然後急促地）：

醫生！醫生！

呆若木雞的醫生，被他一喊，愣了一下，大夢初醒般清醒過來。

他：

我有病對不對？我一定有病，要不然……要不然我怎麼會這樣？

醫生牽動嘴角，笑得很勉強，默默看著他。

他（看看醫生不回答，更焦急地）：

我有病，我知道，你不用安慰我！醫生，你一定要救救我！

醫生（伸出厚實的手掌，輕輕地拍著他的肩，用充滿了了解與同情的聲調）說：

不要瞎猜，不要害怕，我看你很正常，眞正有病的人才不會說自己有病，他們都以爲自己很正常！

他（焦躁地）：

不，你不要安慰我，我自己翻過書，我知道我有病，醫生，你一定要給我藥吃！要不然我一定會瘋掉！我……我受不了，我一定會瘋掉！

醫生（無可奈何地看著他，眼神中散佈出一面好大好大悲憫的網，緊緊網住那受苦者的心靈）：

你沒有病，有病的不是你，你只是比較敏感，比較善良，比較緊張了一點，看多了聽多了，以後慢慢習慣就好了！

他（動怒起來，大聲地喊道）：

你這是什麼話？我永遠也不會習慣！醫生，我有病，我適應不了！我要吃藥！

（頓了一頓，看看醫生沒有反應，更加憤怒，霍地站起來）

你以爲安慰我沒有病，我的病就會好嗎？我不是三歲的小孩子，我生病了，我自己知道，我不要你安慰我，我要你治療我，治療我，治……（他哭起來）療……我——

醫生靜靜地看著他抽泣了一會。

他（哭著，哭著，語調漸漸轉爲哀求）：

求求你，醫生，治療我，給我藥吃（突然大聲起來了），你們做醫生的不是有責任要解決我們病人的痛苦嗎？求求你，給我藥吃，我不吃藥我會瘋掉，我一定會瘋掉！

醫生（大大地動容，眼眶中也閃現了淚光）：

好，好，吃一點藥也好，我先給你一點藥吃，你過兩天再來一趟，我們再好好談一談。

醫生站起來，轉身走向配藥室，從藥架子中拿出一瓶藥，倒出一些白色的藥片，用藥紙包起來，放入藥包中，走出來交給病人。

醫生：

隨三餐服用，一次兩片，睡覺前再吃一片。吃完這些藥，過兩天，我們再來談談。

他千謝萬謝，付了錢，滿意地離開了，從他雀躍的腳步，好似，他以爲只要他吃完了這些藥，世上的一切痛苦必將消失一般。

醫生哀傷地站在室內看著他的背影消失在門口，然後，轉身走回配藥室，默默地把剛才打開的藥瓶蓋上，放回藥架上，藥瓶的標籤上清清楚楚書寫著「維他命B1」。

把藥瓶放回架子上後，醫生卻拿出另外一瓶藥，自己倒了兩顆藍色的藥片出來，用著顫抖的手仰頭丟入口中，清清楚楚可以看到他手拿著的藥瓶，標籤上寫著 Valium [Valium 是一種精神安定劑]。

當他顫危危地走出配藥室的時候，下意識地拿下眼鏡，用手拭了拭流到腮邊的淚水，腦裡想著明天又是按照規定，一個禮拜只能去景美看守所看政治犯弟弟一次的日子。

不期然地，耳際又響起了剛才那病人悲苦的吶喊聲：

你們做醫生的，不是有責任要解決我們病人的痛苦嗎？你們做醫生的……。

他頹然坐在大靠椅上，止遏不住地讓淚水流啊流……。

——原載一九八二年七月《文學界》第三集

7 父親

壹

父親一早就起來了。

今天，他起來得特別早，不，應該說他一整晚都沒有睡，斷斷續續起來了十幾回。說完全沒有睡嗎？他又不十分確定，最近幾個月來，他已分不清什麼是「睡」，什麼是「沒有睡」了，腦袋裡始終是混混沌沌的，睡和沒睡之間似乎已經失去了界線。

不過，他依稀記得在公雞第二次啼叫的時候，他正和年幼的兒子在河邊的沙埔田裡犁蕃薯，他喝斥著牛，用犁把蕃薯從黃褐色的土裡翻起來；孩子把碩大的蕃薯整串整串提起，吃力地抱在懷裡，踏著蹣跚的步履把它們堆在田頭，堆成像一座小山一般……。

孩子已經去世了，舊年在台大校園裡，三更半暝，從很高的樓上墜落下來。

抱著蕃薯蹣跚走在沙埔田裡的孩子的影像，是夢吧？作夢了嗎？那麼是有睏去一會兒，只有睏去才會作夢，只有睏去才會作夢嗎？一年多來，無論白天或晚上，我卻常常作著惡夢呢，不時夢到那孩子像紙一般從高樓上飄落下來，雖說是「飄」下來，但著地的時候卻發出眞大的聲響。那麼大的聲響竟沒有一個人聽見，三更半暝，那時陣，大家都睏去了。

我一定有睏去一會兒吧。在河邊犁著蕃薯，那大概是二十多年前的事了，那些蕃薯從黃褐色的地裡被犁起來，一條一條都紅支支的，像血那款紅。孩子把它們抱在懷裡，放在田頭堆成一堆，一轉身，伊的衫褲全沾著血一般紅，那款模樣，眞驚人！不，那不是眞的，那是夢。我作夢了，在雞公第二次啼叫的時陣，我一定有睏去一時。

父親在破舊的浴室裡刷洗著，他把假牙拿下來，有一下沒一下地刷著；刷畢，輕輕地把它裝回凹陷的嘴洞裡。

然後，他打開水龍頭讓水注滿洗臉盆，冬天的水，像冰一樣，父親用雙手把水舀起來，往臉上胡亂潑了幾把，針刺一般的冷，從臉的表皮猛然竄入心底；他慌忙用顫抖的手從毛巾架上把毛巾拉下來，往臉上抹了幾把，把水跡拭乾。

眞冷！父親對著鏡子裡的自己的臉呼了一口長氣，心裡暗暗嘆了一聲。深冬的水那般冷，冰庫裡一定更冷吧，當他們把孩子從冰櫃中拉出來，他看到孩子的臉的剎那——父親也曾經這麼想過，一股冷澈脊骨的寒意，猛然從頭頂直竄到腳底，父親沒有流淚，只是覺得冷，冷，冷，眞冷，這世界眞正冷！

那孩子自細漢就遺傳著自己怕冷的個性，每到冬天，爲了節儉，家裡不燒熱水，洗面的時陣，伊便像鬼幹到一般直喊：「冷啊，冷啊！」

這般驚冷的孩子，被放在冰櫃裡，猛被拉出來，卻只是臭著臉，一句冷也沒有喊，只是緊抿著蒼白的唇。

這麼老了，臉皮都皺成繭一般厚了，對冷還是那麼敏感，眞奇怪。父親拉拉自己粗礪的臉皮，用力拉，卻一點痛的感覺也沒有。不怕痛倒怕冷，眞是古怪的老面皮，父親對著鏡子裡的自己搖搖頭苦笑了一下，蹣跚走出浴室。跨過門口的時候，腳掌沒有及時拉起來，腳趾踢到凸出地面的擋水門檻，一個踉蹌，父親差點摔倒在地上。

貳

凌晨四點，父親正在房裡整理著今天的武器。

那是一個破舊的書包和一疊疊的宣傳單。

書包是孩子十多年前唸高中的時代留下來的；帆布製，草綠色，因為時日久遠，幾個地方經過重複刷洗而變得斑白，左下角還有一個大大的補丁，泛白的粗布纖維一絲絲雜亂地被翻起來，有點像怒張的白色的髮，背帶的地方也破了好幾處，一樣露出混白的纖維。

父親把一小疊一小疊的宣傳單放進書包裡，宣傳單是用油印機印的，父親叫女兒刻鋼板，然後自己親手用油印機一張一張推印，油印機是他從一所古老小學的倉庫中買回來的。

父親曾經委託過印刷廠印傳單，但傳單未印好就被搜走扣押了。所以，父親只有自己想辦法印，用蒼老無力的手，一張一張印出來。這些宣傳單是昨天晚上才印妥的，現在還散發著濃濃的、微帶腥味的油墨味道，那是用最粗糙、很薄、很脆、很輕的紙張印的；那麼輕而不美觀的傳單卻是父親唯一的武器，父親要用它和那些為所欲為者作戰。

整理好這些東西，父親輕悄悄走回臥室，母親仍在古舊的檀木床上沉沉睡著，被子不知什麼時候從胸腹滑到大腿上，父親躡步走過去，幫她把被子拉回胸腹上蓋好。他坐在床頭仔細端詳了熟睡中的她的臉，這張看了幾十年的臉，從光滑青春看到皺縮蒼老，現在看起來仍覺得暖暖香香地，像乳蜜流過心頭。

孩子的臉長得和她一款模樣，寬寬方方的，眼睛細長，鼻樑闊而扁，一點也不秀，但像土地那款樸實厚重。

孩子長相像她，心卻像自己，善良固執；都是因爲有那般的心，才使他半暝從樓上墜下來。父親沒有看到孩子墜下來的姿態，那些人告訴他，孩子整張臉向下趴在泥地上，從那麼高的地方墜下來，把他扁平的鼻子砸得更扁了，讓伊變得那麼難看，那些人……。

父親想到這裡，心有如針刺一般痛，他踉踉蹌蹌但小心地走出臥室，走到孩子以前的小書房，背起書包走到客廳來，倒了杯開水緩緩喝了，看看壁上的鐘，才四點半不到，太早了些，五點鐘出發差不多，要作戰，時間一定要算準，選擇最適當的時機出擊，讓對方措手不及，這是父親多次失敗得來的經驗。

父親原本對時間、數字一類的東西沒有概念，一個在泥土裡像牛一般打滾的老農夫，需要有那麼清楚的數字觀念幹什麼？沒有數字概念的老農夫，卻生了一個超級數學博士的兒子，這有一點可笑吧！

孩子帶著方帽子的臉顏，此刻正開心地在牆上笑著，那是孩子大學畢業時的照片，父親一直把它掛在客廳最顯眼的牆上。

父親坐在破沙發椅上，盯著孩子的臉，把背靠在椅背上，也溫煦地笑了。這孩子，伊一直攏真愛笑，從伊小學、中學、高中、大學，直到出國在國外拿到數學博士學位，以及結婚摟著新娘子……，所有拍下的照片，伊攏笑著眞開心，只除了那最後一張照片，那張在冰庫裡被拍下來，全身裸著，留作爲證據用的相片，是臭著臉的。

就是那副寒著臉的表情，使父親一輩子的夢剎那間便徹底破滅了。

那孩子是眞不甘願的，看到那張寒著的臉，父親在心裡就明白了一切。伊不甘願什麼呢？這世界也許沒有人知道，但父親知道，他們有同樣的心，他們是血肉相連的父子。

所以父親決心讓全世界的人都知道那秘密。

父親放下鋤頭，用握犁的手去印傳單，薄薄一張紙，很輕，印起來卻比犁還重。但父親還是堅持要印，他知道那麼輕的紙投到街上去，會使那些人感到像砲彈那麼重，甚至，更重！

孩子的臉仍在牆上優雅地笑，父親看著看著，卻掩面輕泣起來。

過了好一會兒，鐘聲突然在沉沉的夜裡敲了五下；父親抹一抹臉站起來，走向門口，打開門，向著猶闇黑的夜色長長吸了一口氣，然後大步走出去，現在他走得很穩，腳步很重，那雙腿像是鋼鐵鑄成的……。

參

五點半左右，父親踩著腳踏車來到了新公園，他找了公園外面一個角落，把車停在那兒，氣有些喘，所以父親在公園門口那一雙銅牛雕塑的基座上坐了一會，緩一緩氣。

銅牛厚重地趺坐在那兒，好似正悠閒地在反芻著，那種神情，看著令父親感動，幾十年和這種動物在一起，他最了解牛的心情了，只要好好待牠，牠是溫馴的，看牠那雙大大的眼睛便知道，世界上大概沒有第二種動物有牛那般慈悲的眼神了。但牛不是永遠都是溫馴的，牛也會生氣，生氣起來那眼神就會變得像怒目金剛，像不動明王。父親記得，有一年，他把剛出生幾個月大的牛犢賣了，那天下午，母牛就發了狂，拉著牛車連他一起衝進竹叢中，讓車和人卡在那兒，半天出不來。

牛也知道反抗。

和你同歸於盡吧！那條母牛或許這麼想過。

父親吁一口長氣，打住了雜亂的思緒，緩緩站起來，沿著公園邊緣向重慶南路走去。天還黑著，沿街的商店仍關著門，只有門前的小燈散發著黯淡的光，青白色的燈光映著薄薄的霧色，使整條街顯得有些淒冷。

往前走，幾個推著攤車的小販，在么喝著販賣油條、飯糰。街上走的人慢慢多了起來，有小孩、有老人、有軍人、有學生……，各式各樣的人，不知從那兒冒出來的，都一致往介壽路的大廣場走去。

一群軍校的學生從他前面踏著整齊的步伐走過去，喊著劃一的口令，像是要去打仗，和誰打仗呢？

街角上站了穿著肅穆的警察和憲兵，愈靠近廣場站得愈多。

父親機伶地閃過他們，慢步走入廣場。廣場上早已站了黑鴉鴉一群人，男女老少手上都拿著一面小國旗，還有人背著幾個月大的孩子來，孩子手上也拿著國旗，孩子把國旗當玩具玩，人家搖，他也跟著搖，口裡咿咿啊啊叫著。

我也有過這麼可愛的孩子，父親想。但伊不玩國旗，伊很小就要和我下田「玩」泥土，泥土眞垃圾，但長出稼作。

走到廣場前面，他看到有電視轉播車停在那兒，有位穿著時髦華麗的女記者，正在採訪一個坐著輪椅的老太太。

「老太太，請問您是從那兒來的？」

「高雄。」

「哇，從這麼遠來啊？那您一定是昨晚就出發了？」

「是啊，是啊，我孫子、孫媳婦陪我坐昨晚的夜車上來，兩點多就到達台北了！」

「眞是感動人！」女記者抽一抽鼻子，表情誇張地向著麥克風說話：「我再請問您一個問題，您爲什麼老遠趕來參加今天早上的升旗典禮？」

「因爲我愛我們的國家。」

「對，各位觀眾……」電視攝影機對準女記者，女記者馬上滔滔不絕地講話。

父親沒有聽，父親背著書包快速走入人群中。

我也愛我的國家，我的孩子更愛伊的國家，但伊三更半暝從樓上墜落來，現在葬在土裡，我最愛國家的兒子現在被埋在土裡，莫半人看到，莫半人聽到伊的號聲，這呢闇的夜裡，連神也莫看到、聽到。

但你們叫幾個月大的囝仔玩國旗，卻要用電視轉播，令全國百姓看到。我……我今日嘛嘜叫你們看到，叫你們嘛來聽聽，到今日，我的孩子還在你們踩的土裡咧號，我老貨仔來日也不多了，但我要你們聽到，就算只有一個人，兩個人聽到嘛好，從這呢高的樓上墜落來是會痛的，你們不能這呢鴨霸叫我孩子不喊痛，你們摸摸良心想看看，從這呢高的所在墜落下來不會痛嗎？

聽聽我孩子的慘號聲吧，看看伊的表情，看看我的傳單，看看上面那張照片；我養了三十多年的孩子，我超級博士的天才兒子，莫穿衫褲，臭著面躺在殯儀館桌子頂，像七月半拜拜的豬公，我三十多年用心血養的兒子，有人將伊弄得像七月半拜拜用的大豬公，你們看看吧，看一眼就好。

父親把傳單從書包裡拿出來，一張一張發到站在廣場上的人們手裡。

每一個人都好奇地把傳單接過去，軍人、學生、公務員、公司職員、電視明星、老人、小孩、婦女……，每人一張。

但每一個人拿起傳單，只看一眼就臉色大變，有人趕快把傳單丟掉，有人楞在那兒像木頭，有個原本笑著的高中女學生突然尖叫一聲，蹲下去「去，去，去」哭了起來。

父親走過的地方，傳單便跟著流過去，笑的人不笑了，搖國旗的人不搖了，有人拿著傳單向警察、憲兵那兒跑去。

父親不停地走動著，在人群中穿梭，把傳單發出去，把比砲彈更重的傳單射到每個人心上；人群騷動起來，沸騰了起來……。

三─民─主─義，吾─黨─所─宗……。

唱國歌，唱國歌，有人輕聲喊，站在廣場後面的人趕快很整齊地和著前面的人唱，一剎時，莊嚴的歌聲在廣場上揚起來。大家都立正站著，只有父親不站，他一刻也不能停，他要把握時間，他要作戰，憑一己之力和那麼大的勢力作戰，所以他沒有時間立正，他不能立正，他一停下來立正，他便會失去戰場，他必須不停地移動。

國歌唱完，國旗緩緩升起，廣場上的人們都目視著國旗敬禮，父親沒有時間回頭來看國旗，他背向日治時代的總督府──現在的總統府的方向，不停地發傳單，發射砲彈。

「呼口號！」有人在廣場前方權充司儀，透過麥克風大聲地喊。

中華民國萬歲！三民主義萬歲！蔣總統萬歲！

幾萬人整齊舉臂高呼，聲音如雷霆一般直上雲霄。

父親暫時停下了動作，緩緩返過身來，向著總統府的方向，他噙著淚，也舉起拳頭跟著高喊一聲。

中華民國萬歲！

但他隨即意識到，不可以只喊中華民國萬歲，不可以只這樣喊，不能只替國家喊，也要替自己的孩子喊一喊。

還我……。

所以，他拚盡全身的力量，想要將那一句話喊出來，但喉嚨一時卻噎住了，只喊出半句，父親就不住咳嗽起來。

不，我一定要喊出來，一定要有人聽到一個老作田人的聲音，聽到一個平凡的做人老爸的聲音，就算只有一個人聽到也好，我一定嘜將那句話喊出來……。

三民主義萬歲！蔣總統萬歲！

群衆激動地把口號喊了兩三遍，在巨大的聲浪中，父親勉力把咳嗽克制住，讓心慢慢沉穩下來，吸一口長氣，把氣沉入丹田，讓它在那兒凝結、醞釀。

蔣總統萬歲！

群衆喊完了最後一句口號，全場倏地寂靜下來，就、是、這、一、刻，父親激動地想，時候到了，讓大家聽聽我兒子的聲音，讓天也聽到。父親把全部的生命化作一聲怒吼，猛然發射出去，一連射了三發。

還我兒子的命來！還我兒子的命來！還我兒子的命來！

一九八×年，元旦，早上六點半鐘，天亮了，國旗在總統府上空飄揚，但太陽沒有露臉，這是陰雨的天氣，天，在哭泣著……。

（謹以本文獻給陳文成博士的父親陳庭茂老先生）

——一九八八年四月二日完稿，發表於《自立早報》

8 那斜穿過畫面的枝椏

那是一張長寬 80 × 116.5 公分五十號的油畫，畫面是春日南台灣的棗樹林，枝葉繁茂的果樹沐浴在溫暖的春陽之下，散發著慵懶的味道，樹下有雜生的蔓草和細碎的小花。

雖是春日下的景象，整片棗樹林卻安謐如死中之境，令人訝異的是，在畫的左前方，他卻畫了一株枝幹巨大的棗樹，其中一條枝椏，像女人柔腴的手臂，以著優雅的彎度伸展出來，斜斜穿過整張畫面。很奇妙的，就因由這條枝椏，這張畫遂有了溫暖的生機，彷若從死境之中復活了過來。

這是他死後三年，朋友們替他在故鄉開的首次畫展，我看到那張畫，隨即被那奇異的構圖以及柔和的色彩吸引住了。我趨前看看畫右下角的簽署日期，發現那是離他死亡約三個月前的作品，掐指算算，那段時間，也正是他四弟在監獄絕食，抗議執政當局不人道的政治措施，而被移到三軍總醫院強制灌食的日子，他是懷著什麼心情畫下了這麼一張畫呢？

我一直覺得，他是我諸多朋友中，最難瞭解的一位，他的難以瞭解，一方面固然是因爲他善於掩飾自己的內心世界，一方面則源由他狂亂的生活方式，有時不免令人心生畏懼，而不得不和他維持一段距離。

我實在無法用言詞形容，這個人生長在這個時代是多麼大的悲哀。

他徹頭徹尾就是個浪漫的人，就算靈魂的深處也帶點粉紅的色彩吧；我們有一個共同喜愛到極點的畫家莫蒂尼安尼（MODIGLIANI），但顯然地，我們喜愛的方式有著巨大的差異，我只喜愛莫蒂尼安尼的畫，他卻是連莫蒂尼安尼那種瘋狂浪漫的生涯也心嚮往之，並且在生活上亦步亦趨地加以模仿追逐。

所不同於莫氏的，我的這位好友瘋狂糜爛的後半生涯，乃是源自於他對生命某一種經驗的深度驚恐和慌亂，他是被人性猙獰的面貌嚇破了膽，輾碎了面孔的人。

諷刺的是，帶給他這一世災難陰影的，卻也是他這一世最尊敬最疼惜，最後並爲之付出生命的四弟。

他的四弟是一名政治異議者，在年紀輕輕的時代，就因爲政治異議被關進牢裡判了重刑，坐滿了十五年牢之後被釋放出來。他就是在他四弟首度入獄的案件中，因爲大哥的身分，以莫須有的罪名被牽連坐了政治牢。

出獄之後，他已由翩翩美少年變成彎腰駝背的畸零人，牢獄壓彎的不只是他的肉體，連帶地，也把他的心靈整個輾碎了，他像是站在池邊欣賞荷花，卻冷不防被推入池中的小孩一般，往後的生涯，他遂深陷無可自拔的、對生之恐懼的泥淖中。

在生命最終的時刻，他爲什麼畫出了這麼一張畫呢？這張畫擺在他所有的畫作之中，顯得凸兀而極不協調；他的畫大多充滿陰鬱的色彩，大塊的黑與藍，帶給人幾乎喘不過氣來的重壓，就如同和他相處時，那狂亂的性格帶給我的壓力一般。

他自稱自己是魔鬼，喜歡小說、詩、畫和女人，他一點也不諱言，他用小說、詩和畫去勾引女人，爲的就是要搞她們；他甚至告訴我，向女人表示愛意最好的方法就是認眞搞她們，其他的千萬別相信。所謂「愛情」，那只不過是體內缺乏酒精時產生的幻象罷了。

我始終無法明白，他爲什麼對女人會有那麼粗暴的看法，如果他眞是莫蒂尼安尼的信徒，他應該有著更溫柔、更細膩的做法吧？每當我以此譴責他的時候，他卻一步也不退讓地和我爭辯，他說自己絕對是最溫柔的人，在床上的時候。

我想，這便是在他生命最後的兩年中，我逐漸疏離他的原因，我無法忍受經常要在三更半夜和另外一位朋友開車到街頭或郊外接回他的妻子；他妻子說，他常喜歡在她面前吹噓和別的女人在一起的快樂，有時她實在氣不過，所以中途離開他的車，把自己丟棄在荒郊野外。

他果眞是溫柔的人嗎？從另一方面看，他的確是的；每當面對因肉體生病前去向他求治的文學界好友，他常邊用他嫡傳自父親的推拿術治療朋友們的病體，一邊則溫柔細聲地和他們說話，就像是一位慈愛的老母親對待她的孩子一般，那時他的眼神總柔和得如一隻老牛。

他在什麼心境下畫了這張畫呢？

據在他生命最後的階段中親近他的朋友們說，其實在他死前，他已默默陪著他的四弟絕食了好些時日了。自從他去醫院探視他的四弟之後，他突然變得沉默了，整天只一味地喝酒，並透支體力爲病人工作；像是一個了悟生死的高僧一般，沉默地、堅毅地走向圓寂之路。

這麼一想，我大概約略可以摸索到他畫下眼前這張畫的心情了。

很奇異地，我突然在腦海中回憶起多年前，他曾向我說過的一件事。

那是個炎熱的午后，我因爲背痛，趴伏在他診所的診療床上，接受他的推拿，如往日一般；剛開始，我們談話的氣氛很好，他一手拿著一瓶紹興酒，邊喝邊幫我推拿，兩人還熱烈地談論三島由紀夫、梵谷、高更，我們談這些藝術家的生平，更互相辯論他們的作品。

就在談興正濃的時候，他驀然止住了話語，我覺得有些納悶，抬起頭來看看他，他向我使了使眼色；我看到兩個臉色陰沉、眼神犀利的中年人走進診療室來，旁若無人地東張西望，巡視著診療室，甚至走到我眼前，緊盯著我看，好一會兒之後，才大搖大擺走出去。

「特務仔！」他仰首大大地喝了一口酒。

有大約十分鐘的時間，他一句話也不吭，只是鐵青著臉一逕喝酒，並專注爲我推拿背部。

隔了一會兒，他才又開口向我說話，他告訴我，他四弟最近因爲政治案件被情治單位通緝逃亡在外。

「這些特務仔一天到晚都在對街監視我的診所，隨心所欲便上來我的診所逛逛，你剛剛看到他們腰間鼓鼓的沒有？那是他們的配槍！」我感受到他話中的怒意。

一瓶酒很快喝完了，他聲音大了起來，帶著三分酒意，他告訴我，這些天他飽受情治人員的壓力，有時心裡覺得煩，便走下樓去，在人行道上散步，欣賞路旁綻放花朵的路樹，其中有一株姿態特別優雅的樹，他常忍不住停下來愛憐地撫摸它，並拿出畫簿來寫生；沒想到過了幾天，他發現唯獨那棵樹被鐵欄杆圍了起來，再過幾天，他發現那棵樹竟被人莫名所以地「攔腰砍斷」了！他知道，那是一個故意的威脅！

臨死之前，他畫了這張有關樹的畫，那主幹巨大的樹以勃勃生機伸出枝椏，勇壯地斜穿過整張畫面。

啊，我懂了，多年來他埋藏在胸腔深處的憤怒之心！抗議之心！看著那柔腴如女人臂膀般的棗樹的枝椏，我站在畫前默默地滴下了淚珠……。

——原載於一九九二年六月《文學台灣》

9 被鰻突襲之金魚

阿火仙手裡提著鰻魚從市場上回來，一路不停地把牠拿起來打量，深怕牠死去。那是一條一斤重的鱸鰻，正裝在一個大的透明的塑膠袋裡，少許的水，混雜了多量的從牠身上分泌出來的黏液。牠和一般人工飼養的白鰻不一樣的地方，是在身上佈滿了暗色的花點，還有頭部也比較來得碩大，尤其是在鰓幫的地方，鼓起的肌肉使牠頭部呈三角型，看起來顯得異常威猛。

這種鰻，有一嘴鋒利的齒，大都喜歡棲息於有岩縫的山溪或河谷裡，生性兇狠且有強烈的領域感，是淡水魚類中的掠食者。

但現在阿火仙手中的鰻，似乎看不出一點兇猛的姿態，而且顯得有點奄奄一息的樣子。

剛剛阿火仙就因爲牠像一條垂死的鰻，而和那名賣鰻的魚販子爭論了好一會兒價錢。

「噯啊，這種鰻就是這個德性啦，你看牠現在要死不活的樣子，待會你拿回去放到水裡你就知道，我包準牠是一條兇猛的鰻，要是死掉，你拿來還我好了！」魚販子向他拍胸脯保證。

活的鱸鰻與死的鱸鰻，是有很大的差別的。活的鱸鰻，據說現殺了以後，將血泡燒酒喝有著壯陽的奇效，死的鱸鰻那就遜色多了。

阿火仙買這條昂貴的活鱸鰻倒不是爲了壯陽，而是要和藥。因爲那個中醫師開的藥引子，指明了要活的鱸鰻配藥一起去煎，然後喝那煎出來的湯藥。

說起這場病，可眞把阿火仙折磨得精神幾乎崩潰。將近兩個多月時間，他看遍了各地的名醫，都一直沒能把它治好。說給他的親友們聽，他們也嘖嘖稱奇，都說聽都沒聽過這種怪病。

這場病說怪還眞怪得離奇，整個從脖子以下到腰脊的地方又麻又痛，間歇性還止不住地顫抖，就像有千斤般的重量從頭部壓下來，一直要他弓身下去鞠躬一般，每一次病情發作的時候，阿火仙便要在心中極力地抗拒著，強迫自己把腰桿打直，把脖子挺起來，免得他眞的鞠躬下去。

縱然他這一輩子一直守著他儒弱的個性，在許多場合向人鞠過無數次的躬，但是病一旦發作，假若一下子克制不住，像電動玩具般不停地鞠躬，那人家不把他當作神經病看待才怪。

「你這是心病，心病要用心藥醫，少胡思亂想，每天早睡早點起來，跟我一起去運動運動，跑跑步，心情放輕鬆，過幾天病自然就好了！」他太太這樣說。

「你這那算什麼病，我看你眼圈發黑便知道，像我們這種年齡啊，這方面要節制，你要和阿火嫂商量，那種東西啊吃不飽的！」一向大嗓門的知高仔在和鄰居們聊天的時候，聽到他的病況便取笑著說，大家笑得人仰馬翻，使得女鄰居們耳根都紅了起來。

阿火仙讓他們你一句我一句說得又煩又躁，本來沒主意的心，就更加無法遏止地胡亂聯想起來。

追溯起他發病的情形，大概是從他接到公司裁員的命令之後，沒幾天，他在又羞又怒的情況下，猛不防地便發作起來的。起先是感到頭部昏眩，一陣一陣地，時而昏眩時而清醒，昏起來的時候，就像喝醉酒一般。如此反反覆覆，每一次發作的間隔大約是兩個鐘頭左右。起先他置之不理，隔了幾天，病情似乎愈發嚴重，除了昏眩之外還迸發了耳鳴和心悸的現象。

這回他才緊張起來，看了幾個醫生，每人對他的病都有不同的說法，吃了幾回藥也都沒有效，於是很迅速地，病便惡化到現在這種情況。

想起這次被公司解聘，阿火仙就有一肚子的委屈，也許這便是他發病的主要原因之一。整個利事企業機構的職員，就屬他年資最深，辦事最中規中矩。這次公司因爲營業情形不善，爲了儆戒員工們敬業，裁去四名職員，做夢也想不到，自己竟然首當其衝地碰上了。最嘔人的是，據事後側面傳來的消息說，這次的裁員會議，是由董事長親自召集各單位主管開的，由他聽取各主管對屬下職員的評鑑，然後決定開除其中態度最差的四名；開除的四人名單中，原本是沒有他的，公司原先決定開除的，是採購組的老馬，唯林總經理獨持異議，他說老馬這個人惹不得。

「他與我們做生意的大眾企業公司董事長有親戚關係，而且他又和一般黑社會的人物有交情，萬一惹翻了他，說不定會出什麼亂子！」

於是老馬的名額，就這樣由林總經理提議換他頂替給裁掉。林總經理之所以會指名要裁他，阿火仙心裡自然明白是怎麼一回事，一方面是林總經理吃定了他懦弱的個性，沒勢力，沒背景，不會對公司有什麼報復性的行動；另一方面更重要的原因，就是他活該倒霉，那天就那麼巧，偏偏撞破了林總經理那件見不得人的秘密。

林總經理是董事長的獨生子，才從學校裡畢業沒幾年，是名典型的公子哥兒，雖然每天看著他煞有介事地開著轎車提著公事包，西裝筆挺地到公司來上班，事實上他對公司的業務是一竅也不通，而且喜歡擺官架子，職員們都叫他「蓋章經理」，意思是他整天做的只不過是擺擺威蓋蓋章而已。

剩下的時間，大家都知道，他常從公司溜出去泡妞。舉凡一些小歌星，小明星啊，他常想盡方法花錢去捧她們，平日裡，就常有一些打扮得花枝招展的女人來找他，這些事看在眼裡，大家也都心照不宣，看著那些女郎走進經理室，頂多在背後擠擠眼調笑一番而已。

偏就那麼巧，那天他因爲有一個採購計劃，第二天要交件，於是下班以後他準備自己留下來加班。他到樓下不遠的一家餐廳用過晚餐，回到辦公室，看到總經理室的燈還亮著，他明明記得總經理下午還沒下班就溜出去，所以心想一定是工友忘了關燈。他門也沒敲，準備進去關燈，沒想到門一開，竟看到一對男女正緊緊地在那裡擁吻。

「噯唷——」女的驚叫一聲，忙把總經理推開轉過臉來。

他慌忙中看清楚了那是董事長的女秘書，公司上下的人誰都知道董事長的女秘書事實上就是董事長的姨太太。

「對不起，對不起……。」他惶然地鞠躬退出來把門關上。

當天他沒敢留下來加班，慌慌忙忙地便回家去了，回到家裡整夜都沒睡好，他看到了別人不應該知道的祕密，他爲著這無意中窺伺到的隱私感到焦慮、惶恐；他懦弱的個性使得他意識著不知道會遭到怎麼樣的懲罰，他甚至想到「殺人滅口」這種常在武俠小說裡出現的字眼。

但是第二天上班，林總經理卻若無其事的樣子，路過他桌子邊的時候，還微笑地向他點了點頭。他想著既然他向他點頭微笑就表示友好，只要自己不把看到的秘密說出去就不會有什麼事了，那裡想到這陰險的東西，竟然在幾天後的裁員會議上還是暗中把他給「滅口」了，令他啼笑皆非的是，名單公佈之後，他還假慈悲來安慰他，說明公司會付給他一筆爲數可觀的遣散費。

「暫時委屈你，等到公司業務好轉之後，一定請你回來幫忙。」臨走的時候，他笑著拍拍他的肩膀。

「媽的，眞不是東西。」他心裡憤憤地暗罵著，有一股衝動想把痰吐到他臉上去，但是隨即他懦弱的本性使他冷靜了下來，竟然還向他鞠躬說了一些感謝他幾年來照顧等廢話。

「眞是沒種，唉，爲什麼那天我就不敢把痰吐到他臉上去。」阿火仙提著鰻走在人行道上，看著來來往往的車輛胡亂地想著。

也不知道是什麼原因，自從他生了這場病之後，他突然對自己懦弱的個性深深地痛恨起來。

「人善被人欺，馬善被人騎。」想著，有時他竟會不知不覺把這句話咕噥出來。

「我這輩子就是吃了這懦弱個性的虧。」他暗忖著：「要是像老馬，幹，他們才不敢動我的念頭！」

事實上阿火仙懦弱的個性並不是天生就是這個樣子的，追溯起他的父祖輩也沒有一個像他這般軟弱，尤其是他的阿爸，在阿火仙的記憶裡，他阿爸可是鐵錚錚的漢子。

在日本時代，從他懂事開始，他就知道他阿爸經常和一批朋友一起辦報辦演講，他那些朋友常聚集在他家高談闊論。他阿姆是個老實的鄉下女人，似乎很厭煩他阿爸的這些朋友，每次他們來，他阿姆便顯得很不高興。

「你們要去死，你們自己去和日本仔拚，不要把我們家木生也拖進去！」他阿姆常這樣當著面指責他父親的朋友。

「巴格，你婦人家講什麼東西，進去，少囉嗦！」好幾次他阿爸都勃然大怒地喝責他阿姆，並且把她趕進臥房裡去。

「你也進去，火仔，阿爸和叔叔伯伯要講話。」他阿爸對他卻很溫和，走過來摸摸他的頭說。

他走進臥房便看到阿姆坐在床頭上哭。

「夭壽東西，我要他好，他就偏往死路上走，夭壽東西！」阿姆邊哭邊咒罵著。

「退一步路保百年身，日本仔才不怕你強你硬，唸了這麼多書，時勢都分不清楚，你不向他低頭，他就抓你去坐牢，關死你這夭壽東西，看你有多強有多硬！」他默默地看著阿姆，不知道她在罵些什麼，咒些什麼。

「阿火仔，你要給阿姆記得，你將來長大了就不要去學你阿爸那款拗脾氣，鬥不過人家就低頭，不要硬往死路行！」他阿姆拉著他的雙手淚流滿面地說。

果然，他阿姆的猜測一點也不錯，過了些日子，有一天他阿爸正在洗澡，來了兩名日本警察，他們向他阿姆說了一些話，他阿姆便號啕大哭起來，猛向那日本警察鞠躬，然而他阿爸卻老早就有準備似地默不作聲穿好衣服，從浴室裡出來，向那兩名日本警察點點頭走了出去。

阿爸臨出門的時候，還走過來抱抱他，親親他的臉頰，若無其事、微笑地向他說：

「火仔，阿爸出去幾天，你在家裡要乖，要聽阿姆的話！」

「……。」他莫名其妙地看著他阿爸堅定的眼神，然後看到他阿爸轉身，龐大的背影隨著日本警察消失在門口。

在他的記憶裡，他好像記得阿爸像這樣被日本警察帶去好多次，每一次都好幾個月才回來，那個時候他不明白他阿爸做什麼，爲什麼日本仔老要來帶他走。

後來他漸漸長大了，從一些親友和他阿姆的對話中，才明白阿爸和他那些朋友都是屬於一個叫「文化協會」的團體，那是一個反對日本人統治的民間團體。

他的阿爸死得很早，在他公學校五年級那年便過世了，現在回想起來，他對阿爸的臉相已覺得非常模糊。但是對他隨著日本仔走出門時那龐大的背影卻印象清晰，那是一片硬挺的、厚實的，彷彿就算有千斤重量也壓不彎的鋼一般的背板。

只是他懂事後對阿爸的景仰，卻遭來一次使他畢生難忘的教訓。

那是他阿爸過世後的第三天，他到學校去上課，那時正值太平洋戰爭的末期，日本人對皇民化運動推行得很徹底，學校裡每天升旗的時候，校長便會領著他們全校的學生，面朝向東北日本國的地方，向他們的天皇鞠躬致敬祈禱。

「立正！」喊口令的先生雄渾地喊出了口令。

「最敬禮！」

全校的師生，動作很劃一地筆直行了一個九十度禮，而且把眼睛閉起來祈禱著。因爲他阿爸剛過世的原因，當他低頭默禱的時候，他不知怎地竟老是想著他阿爸龐大的背影，以及他阿爸生前和他的朋友們在家論及日本統治者的時候向地上啐口痰的樣子，於是他也下意識地向地上啐了口水，並且在全校師生還在低頭的當兒提早把頭抬起來。

「林木火，你，過來！」不想這個動作卻被他的導師山本先生看到了。

「你向地上吐口水？」山本先生憤怒地用日語喝問。

「……。」他一時驚慌得不知道如何回答，他尤其不明白平常對他們那麼親切的山本先生爲什麼會變得如此憤怒。

「巴格！你竟敢對天皇表示不敬？」

「沒……沒有！」他害怕得顫抖起來。

「馬鹿野郎！」山本先生突然一巴掌落到他的臉上。

他被這一擊打得踉踉蹌蹌連退了幾步，才剛站穩，山本先生的巴掌又像雨點般落到他臉上來，並且還夾雜著拳打腳踢。

他哀叫連連倒在地上，弓起身子來雙手緊緊地護著腹部。

「起來！」他聽到山本先生的喝令，搖搖晃晃地站起來，感到頰上辣辣痛痛鹹鹹地，用手一摸才知道嘴角正淌著血。

「以後絕不准有這等無禮的舉動，知道嗎？」

「嗐！」他忍著痛用力地應了一聲。

「回去！」

「嗐！」才跑沒有幾步，就聽到山本先生的喝斥。

「回來！」

他惶惶然地跑回來，立正站到他前面。

「回去！」

「嗐！」他轉身又跑。

「回來！」

如此來回地跑了十多回，他愈發地驚慌起來，他看著山本先生一臉嚴肅的表情，知道自己一定有什麼地方錯了，但是他就是想不出來。

「巴格，你清國奴不知道禮貌嗎？先生叫你回去你可以不敬禮嗎？」山本先生對著立正低著頭的他喝斥。

於是，他又被罰，轉身面向東北鞠躬一百次。

「嗐！請天皇原諒！」每鞠一次躬，還要從嘴裡如此大喊一聲。

哈……。

周遭的同學看著他受罰的情形都發出一陣爆笑，他聽著同學們的嘲笑聲，愈發覺得羞愧，便更加快速地鞠躬起來，想儘快地把這個懲罰結束。

嗐！請天皇原諒，嗐，請天皇原諒……。

似乎從那個事件發生之後，阿火仙這輩子便再沒有過任何勇敢的行爲，他依從了他阿姆的教育方式。

「抵不過人家就低下頭來，別往死路上行。」他阿姆說。

「不必唸太多的書，不要知道太多的事，吃飽了就去多賺點錢，多睡點覺。」他阿姆說。

「這輩子只要我有一口氣在，你要敢去學你阿爸的樣，我就一扁擔打死你！」他阿姆說。

於是他都一一地遵循下來，果然他從一個好學生，好孩子到今天成爲一個好公民，好爸爸，好職員，似乎一切的「好」都拜了他這種懦弱的個性之賜，他慢慢覺得他阿姆說的每一句話都像眞理一般印證在他的身上，儘管工商業的社會，人心險惡，但一切降臨到他身上的麻煩似乎都在他一哈腰說聲「對不起」之下變得和緩下來，甚至消失無蹤。

「對不起！」

「謝謝您！」

「承蒙您的照顧！」

這些話成了他的口頭禪。

如果不是因爲這次公司的事件，中了林總經理的暗箭，這些規矩他都會一輩子遵循下去，然後到某種年齡之後他便能從心所欲而不逾矩。

阿火仙提著鰻，就這樣一路胡思亂想著，間而想得激動，預感病要發作了，就馬上站定下來冷靜一會，然而就在這時候，林總經理得意的笑，就會像閃電一般閃過他的腦際，他下意識地便會想往地上吐一口口水；如此重重覆覆地發作了三、四次之後，他便走回到家門口了。

禮拜天的下午，他的兩個孩子正圍坐在電視機前，看著綜藝節目。

「把電視機關小聲一點，我從樓底下便聽到聲音了。」他向著他兩個孩子大吼。

電視上正有位穿著暴露的女明星在又擺又扭地唱著「龍的傳人」，他兩個還在唸小學的孩子竟也看得津津有味，兩兄弟還不時地指著那女明星豐滿的身材會心地交談著。

這些傳人愈來愈可怕了。

他在內心裡咕噥著。客廳裡散亂地堆滿了紙糊的洋娃娃，這是他太太自從他失業之後從外面接洽回來做的手工藝，糊一個五毛錢，每天從早到晚地糊，糊得連飯也不煮衣服也不洗，把這些差事統統落到他頭上來，好幾次他氣極了想發作起來，但隨即想到自己是個失業的男人，如果不是他太太拚死拚活地幹這些無聊的活來幫忙，這個家眞不知道要怎麼維持下去？

他那肥胖如豬的太太，這時已經斜斜地靠在沙發上睡著了，口中淌下一道流涎，有一隻蒼蠅繞著她的頭上飛，偶而飛下來停在她的臉上，她綯綯鼻子，下意識地抬起手來往臉上一揮，那蒼蠅便嗡嗡地飛起來。「唉！」阿火仙看了一會，心中若有所感地輕嘆了一聲，正想往廚房裡走。

「噯！」這時他那大兒子才把視線從電視上移開，瞥見了他手中提的鰻。

「阿爸買鰻回來哩！」

大聲嚷嚷著，兩兄弟跑了過來，搶過他手中提著的鰻端詳起來。

「噯，你看看牠不是鰻！」老二推推臉上的眼鏡，行家一般地向老大說。

「不是鰻是什麼？」老大詫異地問。

「是水蛇，你看牠身上有花點，頭還是三角形的呢，老師說有毒的蛇頭部就會呈三角型！」

「爸你買水蛇幹什麼？」老大轉過身來問他。

「笨蛋，那是鱸鰻，來，給我，別弄死了！」他厭煩地回答他們。

「鱸鰻！哇，那紅燒好吃！」老大興奮地說。

「清燉才好吃！」老二辯駁地說。

「你知道個屁，紅燒鰻好吃！」

「清燉才好吃！」

「紅燒好吃！」老大大聲嚷了起來。

「清燉好吃！」老二不服氣嚷了回去。

「好啦好啦，那是爸爸買來煎藥用的，弄死了就不行了，阿木，你拿去用水養起來！」他向老大吩咐道。

「喂，養到金魚缸裡嘛，有氧氣牠才不會死掉！」老二向老大獻計說。

「好哇！」

他看著他們兩兄弟走向養著金魚、熱帶魚的魚缸邊去。

他這才發現手上沾著一些鰻的黏液，便走進浴室裡去洗淨。

「爸爸，爸爸，你快來！」他正洗著洗著，突然聽到老二焦慮的呼喊聲。

「你們兩兄弟在幹什麼？我睡一下覺，你們都不讓我清靜一下，鬼嚷嚷些什麼？」他的妻似乎也被吵醒了，大聲喝斥他們。

「爸，你快點出來，鱸鰻在吃我們的金魚！」老大恐慌的叫喊聲傳到浴室裡來。

他三兩個箭步從浴室裡衝出來。

果然，剛剛還奄奄一息的鱸鰻，現在卻兇狠十足地在魚缸裡追逐著那些金魚。

牠長而有力的身軀在魚缸裡迅速地竄動，翻滾著，張大著牠有著利齒的巨口，恣意地噬殺魚缸裡驚慌逃竄的金魚。

有兩條藍雀魚和一條金魚已被咬死，只剩下半個身軀沉到魚缸底，還在不停的抖動。

他看著這殘忍的殺戮鏡頭，心中又慌又恨，連忙把手伸入魚缸內，想把牠撈起來制止這幕慘劇再上演下去。
但是鱸鰻的身軀異常的滑，他抓了幾次，都被牠刁鑽地掙脫出去。他愈急愈撈不起來，而這兇狠的傢伙竟無視於他的捉捕，一滑脫他的手，依舊攻擊那些逃到牠身邊來的金魚。
又一條被牠一口咬去了頭部，尾巴還不停地在牠的口外掙扎晃動著。
「這樣抓不住牠，你到廚房找東西來撈！」他太太看著也慌忙趕過來幫忙，邊伸手入魚缸內邊向他喊著。
經她一喊，他才倏地冷靜下來，連忙轉身跑向廚房，才跑幾步就聽到他太太淒厲地喊叫了一聲。
「噯唷……。」
他轉過頭，看看他太太把手從魚缸中伸了出來，右手食指迅即冒出紅花花的血來。
「怎麼啦？」他慌忙地問。
「夭壽東西，牠竟敢咬我！」他太太緊掩著被咬傷的手破口大罵。
而那咬傷人的鰻卻若無其事地在魚缸中漫游著，拱起身，猛地一竄，突擊向他最心愛的那條大金魚。

金魚掙扎著，扭纏著，霍地一拉開，那鰻啄去了金魚的一隻眼睛。

「混蛋東西！」他急怒攻心，大吼一聲，衝前猛地一推，把金魚缸整個推翻，掉落地板上摔得粉碎。

鰻和金魚散落在地板上，跳動著，掙扎著。

他走向前對著那猶兇猛地在地板上蠕動竄逃的鱸鰻身上一陣亂踩。

踩啊踩地，他像瘋狂了一般，也不管是不是踩到地板的碎玻璃，穿著襪子的腳都被割破流出血來。

一陣猛踩，直踩到那條鱸鰻奄奄一息了，才把牠從地上抓起來。

看著牠兇狠的嘴臉，心中猶有餘怒，瞥見室角的那只冰箱，他突然有了一個殘酷的念頭。

「凍死你這混帳的東西！」他走過去，打開冰箱把牠丟入冷凍室裡。

「碰——」一聲，狠狠把冰箱關死，一股潛伏的快樂，猛地流遍了全身，腦海中不自覺地竟浮現出長久以來不再憶及的他阿爸龐大的背影。

他彷彿覺得渾身舒暢，那場怪病，一下子便不藥而癒，遠離他的身體了。

——原發表於一九八一年《自由時報》副刊

10 那個叫托西的傢伙

提起托西這個傢伙，凡是認識他的朋友，沒有一個不豎起大拇指說聲「好」的；這個響亮的「好」字，自然不只是說他人長得帥，雖然四十歲出頭了，乍看上去卻只三十來歲的樣子，尤其當他穿著他頂喜歡的紅襯衫、牛仔褲和他已經十八歲的兒子站在一起的時候，你就更看不出他的年齡了。

朋友們讚美他的「好」，主要的意思還是指他的脾氣「好」，修養「好」。托西這個傢伙，具備有此地知識份子的一切優點，譬如說有很高的學歷，很好的口才，很優雅的風度，雖然他常把事情說得很好，卻做得很差，或者說常常缺乏實踐的能力，但這也無損於他那高貴的知識份子的風采。

他的「風采」中最優雅的一項，便是絕不隨便發脾氣罵人。尤其罵人這件事，他格外忌諱，他常掛在口邊並時時拿出來像格言一般訓示他的妻子兒女的便是：

「不要生氣，生氣是最愚蠢的一件事，生氣就是用別人的缺點來懲罰自己。」

「更不能罵人，像我們這種家世的人，開口罵人會讓人把我們看低的。」

所以無論他被人欺侮到什麼程度，他都堅定主張不抵抗的，他是徹徹底底的「不抵抗主義者」，你打他左耳光，他不但連右耳光也讓你打，甚至連屁股也蹶起來任你踢，就算你當眾在他臉上吐一口唾沫，你也絕不必擔心他會衝著你罵「幹伊娘」，因爲他很久以來，就深深以台灣話中有這麼鄙俗的一句話感到可恥，他頂多默默地拿起手帕把它擦掉，然後，說不定他還會出乎你意料之外地，掉過頭來像日本紳士一樣給你一個九十度的鞠躬，說聲：「哈伊，感謝，伊嗒西瑪是！讓你生這麼大的氣，原諒！」

他這樣做的時候，你也不必覺得太訝異，因爲他一向最崇拜大和風采，他認爲日本人是全世界最懂得禮貌的民族，像他這種曾經畢業於京都帝大的優秀生，自然在言行舉止上，處處要做到像高貴的日本紳士一般優雅。

但是，說托西這個傢伙一點脾氣也沒有，那也是誇張了一些，他有時候也是頗有正義感的，當他看到社會上一些不正義、不公平的事情，他也會勃然動怒，不過，也因爲基於做爲一名高級知識份子的風度的考慮，他大都是不願意多講一句話的，萬一他覺得實在是很不像話，他非常非常生氣了，他就回家，躲在書房裡喝一些月桂冠清酒，然後對著牆壁罵幾聲：「巴格槢魯！」當然罵的時候，也把聲音放得很低，因爲「巴格槢魯！」這麼粗魯的話出自他的口，讓孩子們聽到總是不宜的。

你看托西這個傢伙，就是這麼良善，這麼有修養的一個人，提起他的名字，你如何能不豎起大拇指來呢？和他做朋友，你處處只會感到人性的溫馨，彷彿在他高貴人格的面前，你如果還對人間抱有不平、怨怒、報復、反抗……等等不潔的念頭的話，那你眞是無可救藥的敗德的人了；又如果你是受過高等教育的知識份子，那你就應該覺得羞恥，應該好好反省一番，誠如托西說的，近百年來這個島上苦難的歷史，原因就是這裡的讀書人一直沒有更好的容忍的功夫，以及更好的道德修養的緣故。

像托西這麼好的一個人，在我們這個講人情味的社會，照理說應該要活得很幸福，很心安理得才對的；但是，我們的好朋友托西最近卻好像活得很不快樂，走起路來老是垂頭喪氣，逢到朋友還有意無意地露出哀傷的神情，並且隨附一聲長嘆，他這些舉動好似在暗示我們，他正陷在無可自拔的悔恨和哀愁的情緒之中。做爲朋友的我們，自然很輕易地便被他引進預先安排的聽他訴苦的設計之中，他所以如此悲哀，據他的自訴說，原因和他最近在一家三溫暖浴室裡做的事情有關，那純粹是一個偶發的事件，他原先根本就沒預料到會發生這種事，更想不到一向這麼有修養的自己，那天怎麼會如此衝動，闖下這樣一樁禍事來，整個事件的始末，按照事後他描述給朋友們聽，是這樣的：

托西，我們這個在報界服務的朋友，向來有洗三溫暖的習慣，這個習慣，從他還在京都唸書的時候就已經養成了。他服務的報社編輯部都是在夜晚上班，所以整個白天，他便喜歡泡在三多路一家豪華的三溫暖浴室裡。他頂喜歡那家浴室的氣氛，原因不只是因爲它的設備完善，燈光柔和能帶給顧客舒適的感受，更重要的，那裡的休息室裡有幾台閉路電視，專門播放日本的電影、電視節目，甚至新聞氣象，那眞是令托西沉迷的地方。以前他萬萬沒有想到，在今日的台灣島上，會有這麼一個富有濃厚的大和氣氛的地方，坐在那鬆軟的沙發上，看著日本電視節目，耳邊還聽著紳士們夾雜著大量日語的交談，這使得他幾乎誤以爲自己又回到了往日的時光，回到那美麗的都市——京都，托西幾乎要爲這樣的氣氛感動得無以自主了。

這麼美好的地方，自然使得他留連忘返，尤其是當他心情不痛快或者是工作上受到某些挫折的時候，很奇怪地，他竟然發覺到，那家三溫暖浴室比他的家更有吸引他的力量，他只要能坐在那間休息室裡，那裡的日本氣氛，很奇妙地就會使他心平氣和，心中有再大的怨氣，很快地便被熨貼得平平地了。這樣的結果，有時也使得托西想起來覺得好笑，怎麼一回事呢？簡直就像一只蝸牛了，一受到打擊就往殼裡縮，而那日本氣氛就是他的殼吧！

就在五月十日這一天，他永遠記得那個倒霉的日子，他正要從家裡出發到那家三溫暖浴室的途中，甫一出門，他就感覺到眼皮跳得很厲害，這使得他驅車往目的地的路上，不禁聯想到會不會又有什麼不愉快的事情要發生？是不是昨天晚上發生的事情還沒有告一段落，接著又要有什麼禍事來臨？

五月九號是報社成立二十年的大慶，當天晚上，報社的同仁在川楊一枝香餐廳聚餐，大家吃喝得非常盡興。飯後，董事長爲了犒賞發展報務最有功績的幾位元老級幹部，就招了車，把他們又送到五月花大酒家，繼續宴飲。

「來，安，我這第一杯酒敬你！」安，是董事長對他的暱稱，第一杯酒敬他，是特別看重他的意思。

「阿里亞得！」托西慌忙站起來，給董事長行了個九十度的鞠躬禮，然後仰首把一大杯酒乾了。

「喲西——安，男子漢嗒——」董事長醉意十足地攤著他的肩，像拍自己孩子一般猛拍打著他的背。

「報社哇，這幾年的發展，汝，居第一功，我，感謝，伊塔西瑪是！」董事長可能眞是醉了，竟恭謹地向他行了一個禮。

這麼大的禮數，眞把托西嚇壞了，又是彎腰又是回禮，嗐聲不絕，受寵若驚得有些手足無措起來。

「好好幹，安，阿塔西，絕不會虧待你，遲早有一天讓你幹總編輯！」董事長醉態十足地，邊摸著坐在旁邊的酒女的大腿，邊大聲嚷著說。

這句話一迸出來，在座的人都嚇了一大跳，托西慌忙瞄了坐在旁邊的王總編輯一眼，只見他突然收斂了笑聲。

「董事長，你應該先敬敬王總一杯，他才是報社的第一功臣，這幾年報務發展得這麼快，都應該歸功王總才對！」托西發覺勢頭有些不對，慌忙端起一杯酒遞向董事長說。

「莫由阿耐——」董事長揮手把酒撥開，不耐煩地說：「安，汝，不必因爲他是我小舅子就這樣奉承他，他，什麼料子，阿塔西……明白！」

「莫路用的卡肖！」董事長突然用台灣話罵了一句。

托西回過頭，恰巧逢著總編輯森寒的眼神，並且看到一絲輕微的顫抖掠過他的唇角，慌忙轉過頭去。

「喂，大家幫幫忙，董事長喝醉了，把他扶到房間去休息！」托西眼看情況這樣發展，勢必會把場面弄得很難堪，慌忙招呼坐在旁邊的兩個酒女，合力把董事長扶出去。

「噯……阿塔西……沒醉！」董事長邊走還邊向攙著他肩的托西嚷嚷：「安，好好幹，下次董事會……提名汝幹總編輯！」

托西更加惶恐地把董事長拉走，送到內房的臥室裡休息，留下那兩個酒女陪他，便急忙地回到喝酒的房間去。

剛才董事長的一番話，使得他感到深深的不安，雖然是喝醉了無心說出來的話，但是，一定得回去和王總編輯說明白自己的心跡，自己確是沒有想幹總編輯的念頭，否則，這個事情一定會在彼此之間造成一些誤會，況且最近已有一些跡象顯示，王總對董事長和他之間太親密有些微詞。托西邊走邊如此惶恐地想著。

剛走回門邊，果然就聽到裡面乒乓乒乓甩酒杯酒瓶，以及王總編輯盛怒的咆哮聲。

「幹——什麼東西！整天只知道捧董事長囊芭的人，什麼居報社第一功！幹伊娘！」

托西一聽到這句話，慌忙把正伸出去要推開門的手縮回來，靜立在門外，等他發完脾氣。

「就是嘛！這種人還兼專欄主任，誰不知道他的專欄都是抄的，家裡訂了一大堆日本雜誌和報紙，東拚西湊，寫出那些東西來，董事長根本就不明白，還以爲他眞行，托西這個人別人不瞭解，我太瞭解他了！」採訪主任陳似乎在火上加油。

托西在門外聽著，驚訝得張大了口，這……這算什麼朋友？陳自小就是穿同一條褲襠長大的，同鄉不說，還有一點遠親關係，眞不相信他會說這樣的話。

「王總，你不知道的事可多了，你猜他爲什麼和董事長走得這麼近？他……幹，別以爲他老實，他常把董事長帶去搞女人你知不知道？董事長有把柄在他手上，他今天才會這樣囂張！你，人太好，都不曉得這小子人有多陰！」通訊主任張的聲音。

托西感到有點天眩地轉起來了，這——什麼話？這些人是什麼族類的東西啊，平常一起喝酒，打牌，推心置腹稱兄道弟的，現在背地裡竟用這麼卑劣的手段造謠中傷他。

「王總，往後要小心一點，董事長是耳朵軟的人，剛才的話你也聽到了，防著他一點。」陳說。

「小人的手段，什麼都使得出來的，他老早就想要擠掉你了，半年前老董昇他當副總編輯，就是安排好了，下一步準備接你的班！」張說。

他感到喉頭乾燥，暈眩得更厲害起來，從腰椎的地方有一股寒意一陣陣地騰昇起來，他突然覺得冷得想發抖，雙手抱緊自己，還是猛打抖嗦。

「不要說了，幹伊娘！」王總編輯暴喝一聲，霹哩啪啦，好似把桌上的酒杯都掃到地上去了。「我在位一天，他休想爬上來，幹！他要搶得去我的位置，我給他捧囊芭！」

轟，腦門裡一陣巨響，托西像突然遭到電擊一樣，幾幾乎乎站立不住，不知那兒來的憤怒，使得他轉身跑到盥洗室裡去。

「巴格！」他站立在洗手台前，猛喘著氣，臉色鐵青地瞪著鏡子，不停地顫抖，許久才迸出這一句話。

嘔——罵完，便嘩啦啦地吐了滿洗手台都是穢物。

「巴格椏魯——」吐完，喘了喘氣，又大罵了一聲，臉都氣得發白了，洶湧的怒氣依舊平伏不下去。嘔——又吐了一地，嘔得胃都幾乎翻轉過來才止住。

就是這麼令人不愉快的一個晚上，所有的朋友竟然都背棄了他，連王總編輯王克東這小子也是的。曾經是大學同窗，讀書時代一起租房子住過三年，常常他家裡匯款遲了，他便拿出二十塊錢，兩個人吃陽春麵熬過幾天。從日本留學回來之後，還拉拔他進入報社，處處替他說好話。這樣的朋友，一旦坐上總編輯的位置，就把他看成眼中釘，怕威脅到自己的位置，到處刁難，直到剛才說出那句話，說什麼「搶得去我的位置，我給他捧囊芭！」巴格——這些人，到底是什麼族類的東西啊，他突然覺得好孤獨好悲哀，竟無可自抑地抱頭抵住牆壁傷心低泣起來。

如此哽咽抽泣了好一會兒，才喃喃地默禱說：

主啊，原諒他們，因爲他們不知道他們做的是什麼。

說了這句話，他終於找到了使自己心平氣和的理由，默默地走出了五月花，算了吧，就當作沒發生過這回事，反正，他想，大家都喝醉了嘛，喝醉了說什麼話都可以原諒。

所以，今天早上，他打算到那家三溫暖浴室，去讓那高雅的日本氣氛來清洗掉心中殘留的，不愉快的情緒。

他萬沒有想到會在浴室裡，碰到王克東，而且是在那麼尷尬的情形之下。

他如往常一般，脫光了衣服一頭衝進土耳其式蒸氣房裡，霍然地，竟看到王克東端坐在那大理石板的椅子上，瞇著眼，享受著白騰騰的蒸氣。

「啊——」

兩人不約而同地驚呼了一聲。

「托——托西，想不到在這裡碰到你。」王克東有點手足無措，講話一時竟結結巴巴起來。

「是……是啊！真是意外！」

「……。」王克東張張嘴巴，想要把話接下去的樣了，但似乎一下子又找不到話接，便順勢把嘴巴張得大大地，佯裝哈著氣。「嗄，嗄，嗄——真熱！」

「唔，熱……熱才好啊，蒸一蒸出出汗，讓筋骨鬆軟一下，再泡泡冰水，人會舒適一點！」托西也打哈哈說。

「唔，唔，唔……你好像蠻在行的嘛，常來這裡啊？」

「是啊，幾乎天天來，一天不來渾身就不對勁，今天第一次碰到你，你以前……」

「第一次來，昨晚……酒喝多了，早上起來頭有點疼，聽別人說這家三溫暖不錯，便跑來試看看。」

「哦！」

「噯！你也坐下嘛。」王克東睜開眼睛，隨即又瞇上。

「哦、哦、哦……」托西這才發現，自己一直站在他前面，那個，男性，正雄偉地對準著他的臉，慌忙尷尬地離開，坐在他對面的位置上。

「……。」

「……。」

兩個人沉默了好一會兒，各自仰著頭，瞇著眼，佯裝在享受蒸氣的蒸烤。汗，大量地滲出了肌膚。

「嗄，嗄，嗄——」王克東誇張地張大了口呵著氣，顯得有點受不了的樣子：「嗄，嗄——噯，對了，昨晚你怎麼搞的，送走老董，你也溜了。」

「沒有啊，我馬上又轉回來了。」剛說一半，馬上發覺不對，轉了個口。「走到一半，突然覺得受不了，跑到廁所吐得一塌糊塗，吐完覺得有點模模糊糊，就被那個叫麗紅的酒女扶回她臥室，睡到天亮。」

「哦——上床了？」王克東笑得很曖昧。「難怪大家等著敬你酒，你卻一直沒回來！」

「（鬼話！）眞……眞不好意思。」

「眞的，幹，托西，你這個人就這點不夠朋友，有女人什麼都忘了，老朋友大家等著敬你酒，老董說的，報社第一功的人，老朋友大家聽了都高興，你卻躲到女人床上去，托西，你，幹，不夠朋友啦！」王克東佯裝認眞地說。

「（果然來了！）那裡，那是老董的醉話，其實誰不知道，你才應該居第一功。」

「董事長都明說了，這個風聲我也聽了很久了，大家都是老朋友，誰幹總編輯都一樣啦，其實幹了這麼多年，我也不想幹了，你來接替再好不過，不過，昨天晚上，你小子躲到女人床上去，把老朋友撇一邊，這一點，風度不好，不夠朋友！」王克東話中帶刺地說。

「（還不放過我嗎？）噯，噯……我也不是故意要躲起來，那個麗紅要拉我走，我說不行，最起碼也要回來和你們打一下招呼再走，我真的回來了，只是……走到門口，聽到你們在商量事情……我就和她走了！」

「哦，哦，哦……」王克東忽然顯得坐立不安起來：「真……真熱，真受不了，你再蒸一會兒，我出去泡冰水……」

說完，站起身來，慌慌忙忙地往外走去。

猛地，托西睜大了眼睛，他幾乎不敢相信，剛才一剎那之間看到的事情，哈，那實在是太奇妙了！哈，哈，那會是眞的嗎？不是自己看走眼了吧？

哈，怎麼從來也不知道，他……身材那麼魁梧，平常看他穿著西裝顯得氣派十足，怎麼……哈，怎麼會……那個，那麼小，小得像未發育的小孩子的一樣。哈，哈，哈……。

他愈想愈覺得有一股陰沉的快樂從胸腹之間騰昇起來，那是一種揉和著戲謔、報復、嘲諷、自負……諸般情意凝結成的快感，他一再地回想著，剛才一剎那之間，從白霧中隱隱約約看到的，王克東奇小的男性，和他魁梧的身軀形成多麼滑稽的對比；如此想著，眼光不期然地落在自己那個上面，那個怒張的、雄偉的、強壯的……，此時，正以無可抗拒的威風挺立著，他幾乎是懷抱著感激而崇拜的眼神盯著他，不明所以地，他竟深深地爲他感動起來，並且隨附著，他意識到，有一股無可止遏的力量從心靈深處鞭策他，鞭策他站起來，走出去……。出去完成一件他自認爲做爲一個男子漢最應該做的事。

他一出來，從透明窗戶，便望見王克東已經從冷池中起來，正端坐在烤室裡，王克東似乎也瞄到了他，但馬上別過頭去，望著烤室內。

托西在心中暗笑一聲，大步走過去，推開門，走入烤室內，烤室內此時有四個肥胖的中年人，有一個躺著，兩個在作體操，王克東則緊閉著眼睛，那個地方用一方黃色毛巾覆蓋著，每個人的身上都滲著大量的汗水，並閃耀著油膩膩的光澤，托西看著，突然覺得好笑，因爲這使得他聯想到烤雞、烤鴨或烤乳豬之類的東西……。

「啊——過癮！」他故意走到王克東的面前，大聲地贊嘆。

王克東似乎沒有聽見（或者聽見了但沒有反應），依舊緊閉著眼，而且雙手很自然地放在雙腿上，壓著那塊毛巾。

「噯！克東！」托西故意拍拍他的肩膀。

「哦！」王克東像猛不防地，一楞，睜開眼睛來。

「昨天晚上的事，我剛剛想來想去，覺得實在很抱歉，今天晚上我請客，下班以後，老地方，我請兄弟們喝酒。」他邊說著邊故意在王克東的面前晃著，讓那怒張的，正對著王克東的臉。

「噯，托西，剛剛開玩笑的啦，怎麼當眞了？」王克東瞇著眼躲開那男性，望著烤室的門。

烤室的門上，有一塊黃色的塑膠板子，上面有藍色的字寫著：「請勿把襪子、毛巾帶入室內。」

王克東猛地一震，慌忙把目光收回來，看著室內的天花板。

「克東……」托西繼續在他的眼前晃著。

「嗄，嗄——好熱，」沒等托西把話說出來，他一股碌站起來，抓緊毛巾掉落的一剎那，轉身，衝出室外去。

托西在烤室內，冷眼地看著他，王克東笨拙地跑到冰水池邊，猛地跳入池中，張大著嘴喘了一口長氣。

看著王克東落荒的身影，那惡戲的、報復的、近乎殘酷的快感，在托西的心中愈騰愈高，於是，他決心緊纏住他不放，也跟隨著跑出來，跳入冰水池中。

「啊哈——」冷澈心脾的寒意，使托西禁不住，張嘴大叫了一聲。

王克東一看到他也跟隨著跳入池中來，又慌忙背向他，爬出去。

「受不了，受不了，眞冷！」邊叫著，又慌慌忙忙跑回烤室去。

托西看著他那雪白搖晃的大屁股，一扭一扭像母番鴨似地，逃入烤室內。他連忙咬住舌頭才沒有笑出聲來。

王克東一跑入烤室，便迅速地撿起剛剛掉落在那兒的毛巾，蓋在胯間。

「想逃？看你逃到那裡去！」托西得意地想著，準備從冰水池中起來，窮追到底。可是，就在他正要從冰水池中爬起的一剎那之間，忽然發現，他那個，男性，被冰水浸泡之後，竟也萎縮下去了，他懊惱地只好泡回冰水池中。

一股哀傷而絕望的情緒湧了上來，他爲著沒有完成的壯舉感到無限地懊惱。冷冷的冰水像衝不破的牆，緊緊地壓迫著他的肉體與靈魂，那個男性，隨著愈來愈強的寒意，逐步地萎縮，心中那不可一世的雄偉的自尊也迅速地褪敗下來，愈來愈冷，愈冷愈覺得悲哀，說不上來的孤獨綿綿密密地籠罩著他，於是那個男性愈發縮得更小，小到像小時候一般，然後……然後，他突然想尿尿！這個念頭剛一閃過他的腦際，一股暖熱的水注便湧了出來……

托西像做了虧心事的孩子一般，嚇得慌忙爬出冷水池，跑向烤室裡去。同樣情形，王克東看到托西進來，慌忙又叫著「熱啊——」跑了出去。

而當王克東一股腦兒浸入冰水池中，並露出陶醉的面容時，坐在烤室內，透過窗玻璃看到這幅景象的托西，終於興奮地流下眼淚來了……。

在三溫暖浴室裡幹的這一件充滿男子氣概的壯舉，的確使托西足足高興了三天，連作夢的時候都會發出得意的笑聲來；但是，誠如前面所說的，托西是這樣「好」的一個人，據說三天過後，他的良知使他反省到，幹這麼一件敗德的事，實在有損做為一個知識份子的氣度，於是經過幾夜痛苦的自讉之後，他終於鼓起勇氣，走到他的好友面前，大聲地向他說明了他那天幹的那件事，並希望他的朋友原諒他。

當然，王克東狠狠甩了他一巴掌，打得托西踉踉蹌蹌顛得好遠；但是，事後我們的好朋友托西卻一直自責說，這是他自己「罪有應得」，不應該對朋友做出這麼卑鄙的事情。

因此，一直到現在，托西依舊沉陷在無限的悔恨之中，走起路來，總是垂頭喪氣，好似一隻垂死的烏龜一般……。

——原發表於一九八二年《自立晚報》副刊

11 白霏霏的雪啊

早上六點鐘，大夥兒正集合在飯店一樓用早餐，我發現獨獨缺了戰福生，忙提醒劇務小譚，要他趕快去叫戰福生下來，我們將在六時三十分準時開車前往慶州出外景。小譚向我咕噥說：

「昨天拍戲回來，我明明已經發過通告了，這老小子到底怎麼搞的？看他這幾天老是魂不守舍！」

「打個電話到他房間看看。」我指指櫃台上的電話向他說。

小譚快步走到電話機旁，撥了號碼，等了一會兒，氣沖沖走回來。

「怎麼？」

「房裡沒人接電話！」

「我陪你上去看看。」

我和小譚坐電梯直上六樓，找到戰福生的六〇二房，在門口按了一會兒門鈴，沒有回音。

「戰福生——」小譚有些光火了，用拳頭在門上擂了幾拳，並且大聲地叫。

裡面依舊靜悄悄，我試試門把，門是鎖著的。

「叫服務生來開門！」我猛地想起戰福生有輕微的心臟病，這幾天還看他吃藥，不會他……？我突然緊張起來。

我和小譚匆匆下樓去，找到韓語翻譯小魏，叫他去拜託服務生打開戰福生的房門。服務生用預備鑰匙打開房門，戰福生沒在裡面，床上的被子摺疊得好好的，桌面上的東西擺得整整齊齊。我敲敲浴室的門，打開，也沒發現他在裡面，架上的毛巾掛得好好的，我走上前摸摸，發現是半乾的，難不成他從昨天晚上就沒有回來嗎？我覺得事情有些蹊蹺起來。

「這老小子，跑那兒去了？」小譚也有些緊張起來，喃喃地唸著。

「昨晚你沒和他講好到慶州出外景的事嗎？」我有些怪罪地問小譚。

「昨晚我和攝影組老陳一夥到華克山莊玩輪盤了……」小譚吶吶地說，邊說邊搔著頭，「回來已經十一點多了，我想他大概睡了，所以……但是，昨天下午拍完戲，我已經向大家宣布過今天的進度了啊！你也聽到啦！」

「現在可怎麼辦？」我有些惱了，外景隊臨要出發才找不著演員，我這個副導演眼看是挨刮挨定了。

「怎麼辦？」小譚也急了，把我的話重複了半句，猛地拋還給我。

「……」我看看錶，六點十五分，「我看只有去向導演報告了！」

「你去向他報告。」小譚馬上把責任推給我。

我盯著他堆擠一臉肥肉的虛僞笑容，眞恨不得衝上去給他一拳。

「……」我把頭一甩，急急往外走去。

「噯，副導，你別把華克山莊的事說出來……」小譚走在我後面，仍絮絮叨叨唸著。

「幹！」我輕罵了一聲，走得飛快，走到電梯旁按了下樓的鈕，電梯一打開，我埋頭跨了進去，迅即按上Close的鈕，「砰」，電梯門闔上，把小譚隔在門外。

「噯……」電梯開始下降的刹那，我仍聽到小譚急急的呼叫聲。

把這不負責任的小子丟在那兒，心裡總算舒坦了一點。

當我把戰福生失去蹤影的消息向林導演報告之後，林導演倏地停下了喝稀飯的動作，一雙眼睛一眨也不眨地盯著我，我暗忖一場暴風雨要來臨了，林導演火爆的脾氣是電影圈出了名的，跟他拍戲跟了兩三年，挨過他無數次罵，對他發脾氣前的表情動作，我已經熟悉得很了。

「你到他房裡看過了？」出乎意料地，他竟用著平穩的聲調問我。

「門鎖著，我叫服務生打開，人不在裡面。」

「昨天沒告訴他今天要到慶州出外景嗎？」林導演依舊以著平穩的聲音若無其事般問我，但那聲音冷得叫我發抖。

我馬上把小譚說過的話重複說了一遍，看著林導演盯我的表情，我毫無抗拒地，把小譚昨晚到華克山莊賭輪盤，忘了再叮囑戰福生的事也一併說了。

「叫小譚來！」林導演冷冷地說，低頭喝了一口稀飯又抬起頭來，「叫大家幫忙找找看，七點以前把他找回來！」

我轉過身，看到坐在餐廳吃早餐的工作人員全轉頭來看我，大概我和林導演說的話他們全聽到了。

「大家幫幫忙找找看，戰福生搞丟了。」我故作輕鬆地向大家宣布。

「噯，問一問櫃台，說不定這老小子帶了韓國妞偷偷換房間了。」攝影師老陳嘴裡含著東西嚷嚷說。

他的話剎那間引得大家爆笑起來。

到八點鐘還沒有戰福生的影子，大夥可眞的心急了，再這樣耗下去，外景拍攝的工作可要整個耽誤了。我們外景隊的一部分人員已在前一天去了慶州，大家約好了時間，今天早上一定要到慶州會合。從漢城到慶州要五個多小時的車程，現在如果不及時出發，那邊的工作人員一定要等慌了。

林導演終於做了決定，要我一個人留下來等戰福生，等到他以後，再和他一起包輛車隨後趕到慶州，外景隊將在慶州出三天的外景，只要在這三天以內趕到，便還來得及補拍戰福生的鏡頭。

「待會你把劇本中有關他的戲統統理出來，趕到慶州以後，你提醒我一下，我們先把他的部分拍掉，叫他回台灣！這老小子，幾天來老神經兮兮的！」林導演交代了這些話，便匆匆上了遊覽車。

「找到他，替我臭罵他一頓。」小譚把外景隊在慶州留宿的飯店住址及電話抄給我，邊寫邊咕噥，「媽拉個B！我可被他整慘了，到慶州再好好和他算帳，眞倒楣透了！」

「你倒什麼楣？幹，我看該你留下來等他。」我對小譚的話感到厭煩透了，馬上說了他一句。

他被我一說，不敢再吭聲，趕緊抄了地址，掉頭就鑽進遊覽車裡。

「再見！」遊覽車裡的工作同仁紛紛打趣向我揮手。

「放鴿子啦！」燈光小李從車裡探出頭來喊。

「副導，晚上寂寞就叫個韓國妞抱著吧！」車開動了，攝影師老陳還不放棄取笑我的機會，也探頭出來嚷嚷。

「幹！」我把手上的字條揉成一團，佯裝向他丟去。

車內的笑鬧聲隨著車行，漸去漸遠……。

大夥離開以後，我向櫃台交代：如果戰福生回來，請通知我一聲。然後，我一個人躲在房裡，遵照林導演臨行前的交代，拿出劇本把戰福生的戲都整理出來。

其實戰福生在這一部戲裡的戲分並不重，只是個小配角，扮演抗戰時期東北淪陷區中的一個老頭子，他的兩個兒子都在戰火中死了，只剩下一個十七歲的孫子，和他們老夫妻相依爲命，在淪陷區中艱難度日，一共只有四場戲。在台灣的內景棚已先拍完了一場，這幾天在漢城郊外的南漢山上也斷斷續續拍完了一場，剩下的兩場，都必須在慶州拍。

因爲那場在江邊送別他孫子到大後方去的戲，必須有蒼茫的田野雪景來襯托，並配上江邊成排乾枯的楊樹，找來找去，外景隊在慶州的鄉間找到了一處最符合劇情的景。另外，有關他的最後一場戲：他聽到孫子在大後方被日機炸死的消息，深夜裡，提著燈籠跑到江邊哭泣的鏡頭，這也必須在同一地點拍攝。

所以，無論如何戰福生都必須趕到慶州去，把這些戲拍完，他的戲分雖然不多，但是整個劇情看下來，卻都佔有關鍵性的位置，想刪也刪不掉。

「這老傢伙！」我邊整理劇本邊覺得心理的壓力愈發沉重起來。「會跑到哪兒去呢？」我忍不住把筆桿一摔，坐在床頭上發起呆來。

我想到林導演臨上車前拋下的那句話，「這老小子，幾天來老神經兮兮的。」仔細推敲這句話，想想戰福生近幾天的表現，倒眞有些兒反常，就拿昨天在南漢山雪地裡的那場戲來說吧，二十幾年資歷的老演員了，就那麼一個鏡頭，四句台詞，卻連續NG了二十三次，他老把台詞背得顚三倒四，拍得全體工作人員火冒三丈，連林導演都忍不住大吼了起來。

「重來，這回再ＮＧ我們就收工，明天再來！」

「老戰，拜託，拜託，第二十二次了，你今天怎麼搞的？」當時我也忍不住了，走到他面前，拍拍他肩膀抱怨地說。

「……」他緊閉嘴唇，緘默著，臉色出奇地蒼白，我發現他的唇角細碎地抖著。

「好啦，全體預備——」林導演把劇本高舉起來，「老戰，你準備好沒有？」戰福生朝我點點頭，我趕快走離現場。

「開麥拉！」

老戰和他十七歲大的孫子走在山頂的雪道上，緩緩站定，舉起手，指著山下的村落，沉痛而哀傷地說：

「孩子，你看看，這樣一片大好江山，現在卻讓……讓……」詞唸到這兒，戰福生又吃螺絲了。

「Cut！」林導演大吼一聲，攝影機停下來。

大家都怨怒地瞪向戰福生，他羞慚地低下頭來。

「收工！明天再來！」林導演把劇本往雪地上一摔，生氣地說。

「導演，導演……」戰福生趕忙走近導演，低聲要求說：「再來一次吧！再來一次吧！我保證這次一定拍好！」

「……」林導演靜靜地盯著他看，好一會兒，才轉向我說，「副導，把他帶到一邊去，將詞背熟再來，這次不准再出差錯！」

我趕快趨前，把戰福生拉到附近，邊走邊抱怨：「老戰，這詞兒很簡單嘛！『這樣一片大好江山，現在卻讓日本鬼子給佔了』……」

「對不起！副導。」他突然朝我哈腰點頭，慢幽幽說：「你讓我一個人靜一靜吧！我到那兒把詞背一背。」他指指前方那棵大樹下說。

我沒想到他會這麼說，愣了一下，只好讓他自個兒去背一背詞。

過了大約五分鐘，我去叫他回來試戲，他從樹下走回來的時候，神色穩定多了。果然這一次很順利地便把那個鏡頭拍完了，大家都熱烈地向他拍手，他靦腆地微笑。我靠近他，發現他眼眶紅著，似乎剛流過淚。

他有著什麼心事吧？否則不應該有這麼差水準的表現，我和他合作拍過許多年的戲，他的演技向來都是非常順暢的。

呆坐在床上想著這件事的時候，不知怎地，我心裡突然閃過這樣一個奇妙的念頭。

整個上午，我便耗在房間裡等候消息，一刻也不敢外出，只怕我外出的時刻裡戰福生回來了；另一方面，就算我想外出找他，漢城人生地不熟的，我也不知道從何找起，我想，現在唯一能做的便只有等待罷了。

中飯也在房間裡沖泡一包生力麵草率解決了。飯後，我覺得疲累極了，一個多星期來，在野外雪地出外景，每天五點多起床，七點鐘到達拍攝地點，在零下七、八度甚至十多度的氣溫下工作，對亞熱帶地區來的我們，不啻是項苦刑；而且當初來韓之前，沒考慮到攝影器材的禦寒問題，結果在雪地裡拍攝，攝影機一再出差錯，底片凍脆了，一開機就斷片，我們只好把毛衣脫下來，將機器密密包裹，並且大家輪流去「擁抱」它，使它溫度升高起來，再利用很短的時間開機拍攝，這樣一來，原先構想的長鏡頭常需要分割成好幾個鏡頭來拍，作業上麻煩了許多，我這個居間協調的副導可就累壞了，加上戲拍得不順暢，林導演脾氣大，我幾乎天天挨罵，心理上遭受的壓力已到達上限；現在有這個機會，稍微鬆懈片刻，精神慵懶下來，不知不覺就睡著了，而且一覺竟就睡過了五點，待我醒來，天已經有些黑了。

我伸了伸懶腰，走到窗口，發現外面正在下雪，白霏霏的雪片在蒼茫的暮色中靜靜地飄落著，從樓上望下去，底下的城市籠罩在一片雪花之中，雖然大街上、人行道上，此時正爲下班的人潮壅塞著，但隔著窗玻璃看他們行進在白花花的積雪中，使人幾乎錯覺一絲聲響也沒有。

這是我到韓國一個多星期來，第三次看到下雪，第一次，是在到達漢城的次日，我們從南漢山勘查外景回來，洗過澡，正集合在住宿飯店的一樓餐廳部用晚餐，場務工老張從外面走進來，大聲嚷嚷說：「下雪了！」

我們這些在台灣長大，從未看過下雪景象的小夥子，把筷子一擺，飯也不吃了，匆匆往外面跑去，跑到大街上又叫又跳，把頭仰得高高，兩手張得大大地，承接飄降下來的雪花，歡欣若狂的樣子，引得路邊的韓國人紛紛拋來好奇的眼光。

「嗳，副導，我們到處逛逛。」我正仰著臉，享受讓雪花飄墜在臉上那種冰涼的快感時，戰福生突然從後面走來拍拍我的肩膀說。

「好啊！」我興奮地回答他。

於是，我們倆並著肩在漢城街上漫無目的到處亂走，戰福生顯得像孩子一般興奮，不停地向我訴說以前他大陸老家下雪時的種種景況；我邊走邊欣賞雪景，聽著他的訴說也覺得興味盎然。偶爾走到一個小巷子口，我們看到有幾個攤販，點著瓦斯燈在賣糖炒栗子，戰福生跑過去買了兩大包，兩個人走了一段路，找到一處路邊公園的石椅子，坐在那兒開心地剝著栗子吃。

「眞香！」吃著香馥的栗子，我不禁讚嘆起來。

「比起我家鄉的栗子差多了，我家鄉的栗子炒起來那才眞叫香呢！」戰福生馬上搶著說，接著又哇啦哇啦說了一大堆有關他家鄉栗子的話。

我沒有眞切地聽他說了些什麼，這時我偶然抬頭看到一幕奇妙的景象，剎那間，我便被那種美景迷惑住了。

七點多的街色，天已經暗了，雪從黝深的天外靜靜地降下來，掠過對街商店高大的霓虹招牌的剎那間，竟隨著變化不已的燈色，幻化成各種姿彩，紅的、綠的、藍的、橙的……各種顏色的雪花輕飄飄地旋舞下來，掉落在街樹上、人行道上、行人的頭上，那眞是一種我怎麼說也形容不出的美妙景色。

「噯，你看。」我忍不住打斷戰福生的話，指著眼前的美景向他說。

他一時也看傻了，兩個人呆瓜似的坐在那兒，靜默地看了好一會兒。

「下那麼大的雪，那些房頂大概都積上雪了吧。」戰福生突然沒頭沒腦地說了一句。

「唔？」我一時轉不過腦筋來。

「導演今天在山上不是說，要等著下雪，讓那些民家的屋頂蓋上雪才能拍嗎？」

「哦。」我了悟過來。

下午我們到南漢山勘查拍戲的現場，林導演對南漢山的雪景很滿意，認爲和我們劇本中描述的中國北方小鎭郊外的景色很接近，而且由南漢山往下望去，那些城郊農村的農舍景觀也完全符合劇景的要求。

「眞是像極了，我們家鄉冬天的景象就是如此，連房子的樣子都像，可惜……瓦片的顏色，在我們家鄉，我們不太用紅瓦、綠瓦……」林導演和戰福生都是北方人，而且還是小同鄉，「如果再下場大雪，把那些瓦片的顏色都蓋住，那就完全一模一樣了。」

戰福生說的就是這件事，我印象非常深刻，當大家初次在南漢山上看到那片雪景時，我們這些台灣籍的工作人員都爲眼下的美麗景色讚嘆不已，但是隊裡幾個大陸北方籍的工作同事卻顯得異常激動，林導演無意間這樣一說，戰福生和場務工老張竟都流了眼淚。

我警覺到，如果讓戰福生往下說，一定又要觸到他的傷心事了，和戰福生相處那麼久，我最怕的就是，每次他話匣子一開，說起他的家鄉事，最後都會說得哽咽起來，那種景象我已經領教過好多次了，眼看著那麼老的一個人抽泣流淚，眞是件令人受不了的事。

「走吧，走吧！」我急忙拍拍他的肩膀說。

我們倆又並肩在街上走了好一會兒，後來我催說要回飯店去了，我必須趕快回去整理劇本，爲第二天的拍攝作準備，戰福生卻還未盡興，我只好一個人先行回去，留他一個人在街上逛；那天他一直逛到十一點左右才回來，回到飯店還來敲我的房門。我打開門，看到他喝得醉醺醺的，他想進來和我聊天，我一向就怕他喝醉酒後的囉嗦勁兒，忙推著說：「我累極了，想要睡了。」並且勸他回房去休息，第二天還得起個大早到南漢山拍戲。

來漢城第一次看到下雪，使我留下了這些美好的記憶。第二次看到下雪，那就是昨天深夜的那一場了；我睡到半夜突然醒來，看看擺在床頭上的手錶，是凌晨兩點鐘，在暖氣房裡睡久了，我覺得口渴，便翻身起來，走到桌邊倒了杯水喝。就在那個時候，從窗口，我看到了深夜的雪景，白霏霏的雪，漫天漫地靜悄悄地降著，從黑不見邊際的夜空裡飄落下來，降到城市低空的地方，因由著城市各處微弱的燈的反光，東一處、西一處，映出雪白的色彩來，雪默默地下著，整個城市也安靜地睡著了……。

看著眼下的雪景，我的腦海裡一直重複浮現著前二次下雪的景象。第一次下雪時，戰福生陪同我在漢城的街上逛著，昨天深夜下大雪的時刻，他又去了什麼地方呢？

我愣立在窗口，這樣胡亂地想著，直到夜色在雪花紛飛中從四處湧過來……。

晚上九點鐘左右，我接到林導演從慶州打回來的電話，電話聲音很小，但是林導演的語氣卻很急，他劈頭就數說我一頓：

「怎麼搞的？你們爲什麼沒有趕來慶州啊？這兒正在下雪，你們下午如果趕來，今天傍晚就正好可以拍江邊送別那場戲了，這麼好一個機會白白給你們糟蹋了，你們眞是……」

「……」我拿著電話筒，一句話也沒有吭。

「你一點辦事效率都沒有！」林導演大概氣急了，突然罵了我一句，然後停了一會，才似乎想到了什麼，放低聲音問我：「戰福生呢？」

「到現在還沒有消息。」我輕聲回答他。

「你沒去找嗎？」林導演聲音又大了起來。

「我韓語一竅不通，到哪兒去找呢？」我忍了忍，心裡有了一絲怒意，突然把聲音提高起來。

「……」林導演大概領會到我有些動怒了，電話那頭沉默了下來。

「明天我叫小魏趕回去，你看看情況，如果情形不對勁，你就叫小魏帶你去報警！」林導演似乎逐漸感到事態有些嚴重了，停了一會，如此告訴我。

「今晚如果戰福生回來，明天一早，我馬上和他趕到慶州去！」我爲剛才突來的怒意感到有些歉疚，試圖讓林導演心安一些，所以半安慰地說。

「這兒你先別管了，找到人再說。」林導演轉變了口氣，沉吟地說。

掛了電話，我呆坐在床上，也預感到戰福生突然失蹤的事顯得有些離奇起來，好似冥冥中有一條看不見的線或什麼的，逐漸使事情趨向複雜難解的境地了。

正這樣想著，電話意外地響了起來，我抓起電話筒，剛「喂」了一聲，便傳來總機小姐清脆悅耳的英語，她說有一位中國人要找戰先生，問我要不要代他接這通電話。

「Yes! Yes!」我忙大聲應著。

電話接過來了，那是一個操山東口音的老年人的聲音，他自稱姓魯，韓國華僑，在東大門附近開了一家中華料理店，是戰福生的同鄉。

「福生昨天晚上在我這兒喝酒，十點多了才走，我看他醉醺醺上了車，有點兒放心不下，我交代他回到飯店給我通電話，可他一個晚上也沒打來，我內人一直擔心他，所以我才打這通電話來問問，福生他……」

我聽到他這一段話，嚇了一大跳，心臟都差點蹦出來了，忙打斷他的話急急地說：

「戰先生他昨晚到現在一直還沒有回來！」

「沒有回去？」對方顯然也嚇著了，把聲音提得很高亢。

「唔，魯先生，我是這個外景隊的副導演，我姓吳，能不能請教您的店號？順便把地址給我！我馬上到您那兒去，我們見面再仔細談談好不好？」

「好，好。」對方急切地回答我，並且把地址在電話中告訴了我，我順手抄在一張便條紙上。

我幾乎是用衝的跑下樓去，在飯店門口攔了一輛計程車，將紙條遞給司機，比手畫腳搞了一番，他才明白我的意思，往東大門的方向開去。

坐在奔馳的車上，我的思緒翻滾不停，韓國華僑？魯先生？我苦苦思考這條線索，隱隱約約覺得眞聽過戰福生提過一次。

那大概是剛抵達韓國那天吧，大夥兒安頓妥當吃過晚飯後，都紛紛邀約出去逛街，看看漢城的夜色，戰福生曾到我房間來約我出去玩，我因爲是這部戲的副導兼編劇，有許多準備工作必須留在房裡趕工，所以推辭了他的好意，依稀就是在那個時候，我正埋頭修改著劇本，聽到了戰福生說：他有一個同鄉住在東大門附近，在那兒開了一片店……。

那就是指這位魯先生嗎？戰福生昨天晚上眞去了他那兒？十點多才坐車離開？那麼他後來去了哪裡？

一道接一道的問題不斷湧過來，在我心裡絞成一團，我感到迷惑極了。

正在納悶的當兒，車到了東大門附近，司機沿著市場窄小的街道，按著地址找了一圈，終於找到了那家叫「魯鄉館」的中華料理店。

這是一間窄小，但卻收拾得非常整潔的小店面，說是「中華料理」，事實上只不過是賣些牛肉拉麵及滷菜。

我一走進去，老闆娘似乎一眼就認出我是台灣來的，她用韓國話向裡面喊了一聲，老闆從廚房裡走了出來，他是四方臉，肩寬胸寬，背雖已有些駝，但仍看得出是非常高大的北方人，頭髮一片灰白，邊走邊把手在圍裙上擦著。

「是吳先生嗎？」人還未走到我前面，已先把手伸了過來，微笑朗聲地招呼著。

我趨前和他握了握手，他示意我到旁邊的桌旁坐下，老闆娘忙送上茶來，她比老闆似乎顯得年輕許多，大約四十多一些，單眼皮，方圓臉，標準韓國女人的模樣。

「我媳婦兒！」老闆把手舉起來做了個介紹的手勢，「抱歉得很，不會說中國話。」

我和他彼此又寒暄相互介紹了一遍，然後馬上進入正題。現在店裡只剩下兩個客人在喝酒吃麵，魯先生把語音放得很大。我重新把今天早上起來就沒見著戰福生，外景隊開往慶州，我留下來找他等事詳細說了一遍，魯先生愈聽神色愈顯得沉重起來。

「怎麼會有這種事兒呢？喝這麼醉，他老哥能去哪兒？」他沉吟著，用手掌抹了抹臉。

「魯先生，你方才在電話裡提到：昨天晚上戰福生眞在你這兒喝酒喝到十點多才走？」我禁不住好奇地問。

「是啊，這幾天晚上，他都在我這兒喝酒喝到十點多才回飯店。因爲我們這兒十二點開始戒嚴嘛，所以他也不能太晚走。」

「你說什麼？」他的話猛地把我嚇了一大跳，我幾乎整個人站了起來，「這幾天晚上？他都到你這兒來？」

「是啊。」他看我詫異的樣子，也有些狐疑起來，「他沒告訴你們嗎？」

戰福生在漢城的這幾天晚上都單獨外出，外景隊的大夥們不是到華克山莊玩輪盤、吃角子老虎，便是到俱樂部跳舞，或到百貨公司購物。戰福生推說他不喜歡這些年輕人的玩意，除了第一次下雪那天晚上和我一起去逛街，他一直都獨自行動，每天深夜醉醺醺回來，同伴們都取笑他跑去找韓國妞喝酒了，才搞得拍戲老出差錯，他卻始終笑著不加理睬，沒想到他原來是到這兒來喝酒了。

「他說最近心兒悶嘛，出國以前一直和太太鬥嘴，所以這幾天都跑來我這兒喝酒扯淡，我們是多年好友了，每年國慶日回台灣，我都住他那兒。當年鬼子佔了東北，我們是一個村子出來的，後來分散了，民國六十五年我回台灣參加國慶，在東北同鄉會上才又逢到他，這許多年，我們一直都在聯絡，論輩分，福生還得叫我一聲表哥呢，他一向有什麼事兒都會寫信找我商量的。」魯先生邊喝著茶，邊一根腸子通到底地，把他和戰福生的關係一口氣全說了。

「……」我和戰福生因爲工作的關係，早已經是多年的忘年之交了，但卻從沒有聽他說過，他有這麼一個遠房表哥在韓國，所以對魯先生談的話感到新奇起來。

「你知道他和台灣的媳婦向來是處得不錯的。」魯先生啜了一口茶，繼續訴說著。戰福生的家庭，我向來是很熟的，所以我點了點頭表示同意他的看法。

「可最近……」魯先生的話變得艱難起來，他突然問我說：「他和你們提過他在大陸還有一個媳婦兒的事？」

我又忙點了點頭，戰福生好幾次喝醉酒曾告訴我，他十八歲離開家鄉前一年，曾娶過太太，生下一個女兒。

「聽他說，前幾個月他透過在美國的朋友得到消息，他媳婦兒現在和女兒、女婿、孫子住在一起，生活過得很清苦，福生聽到這個消息，把家裡的存款全領了，託他美國的朋友把錢匯去大陸接濟他們母子，就是因爲這件事，他最近和台灣的媳婦兒吵翻了！」

「……」我完全沒有料到會在漢城這樣一家小店裡，聽到這麼一件有關戰福生的事，我整個人簡直聽傻了。

在台灣的時候，我是知道最近他和太太鬧了些意見，我一直以爲那是因爲他太太老叨唸他酗酒的關係，我做夢也沒有想到，這件事背後還有這樣的內幕。

「那是他昨天晚上告訴您的嗎？」我顯得有些激動起來。

「哦，不，他來漢城那天晚上就告訴我了，我勸他應該打電話回家勸慰勸慰她，女人嘛，鬧過也就算啦！他後來說他打了，沒想到吵得更凶，昨兒晚上他再打電話回去，他女兒接的，女兒告訴他，他媳婦兒離家出走了，所以跑來我這兒喝悶酒，我一直勸他，沒想到他就哭起來了，邊哭邊說，他對不起大陸的妻女，也對不起台灣的媳婦兒，我罵他什麼傻話！那都是歷史造的孽，我們可有什麼責任！」魯先生似乎有些克制不住自己的情緒，說著說著竟激動起來，語音顯得有些瘖啞，「他……他大概是眞醉了，鬧著鬧著，突然轉了話兒說：他眞想回去看一看，就算看一眼，死了也就甘心了。我嚇了一跳，一直勸他，我說……我說……福生，不要再想這些事兒了，那兒早變了樣，已經不是以前的故鄉了……。」

魯先生眼眶紅了，說到這兒已激動得說不下去，這時他韓國籍的太太送走了最後兩個客人，大概看到他樣子不太對勁，忙過來拍拍他的肩膀。

「……」我整個人已被他說的事震懾住了，出了渾身的汗。

他所說的戰福生打國際電話回台灣的事，都是我幫忙他接的線，因爲他不懂英文，飯店總機只懂英文和韓文，所以包括昨天，有三個晚上，戰福生都撥電話到我房裡，拜託我向總機小姐說，幫他接通台灣的電話。我不知道就是那三通電話使戰福生和太太起了激烈的爭執；這樣說來，這件事冥冥中我不也扮演了某一個角色？我既訝異又害怕，渾身輕輕戰慄起來。

「後來，他就哭得好厲害，而且說心有些絞痛起來，想回去飯店休息，我送他到門口叫了車，還吩咐他回到飯店捎個電話回來，我沒想到他就這樣沒有回去……。」

在魯先生那兒談完話已經很晚了，我剛好趕上宵禁前回到飯店；經過和他一番談話，我更加確定事態的嚴重性了。

第二天早上，我和魯先生一起去警察署報了案，警察留下筆錄，答應幫忙聯絡電台廣播找人。我回到飯店等候消息，十二點左右，韓語翻譯小魏也從慶州趕回來了，他聽了我的敘述，馬上表示光報警不夠，必須登報找人。因為小魏是華僑，漢城的報社有熟人，於是他帶我去《東亞日報》拜訪了報社的記者，並交給他們一張戰福生前幾天在南漢山拍的彩色劇照。

一整天，我在飯店裡如坐針氈，卻沒有等著任何消息。晚上我又和林導演通了電話，林導演聽了我的報告似乎也慌了，說他和外景隊明天一早再搶拍幾個鏡頭，然後將馬上趕回漢城來。

這件事在第三天，《東亞日報》的新聞見報之後有了回音，那天早上，漢城大雪紛飛，十點左右，我在飯店裡接到一通警察署打來的電話，我和小魏急忙趕到那兒去，到了警察署，發現有一個五十歲左右的男子，正在那兒接受一名年輕警察的詢問，透過小魏的翻譯，我知道他是一個計程車司機，他說大前天晚上，他曾在東大門附近載了一個乘客，模樣和報上刊的很像，那乘客上了車以後，就用筆在一張名片背後寫了「南漢山」

三個字，司機說他懂漢字，所以明白那乘客要去的地方，但他覺得很奇怪，那麼晚了這名乘客要去那兒幹什麼呢？

他用韓文問了一下，由於那名乘客不懂韓文，只好作罷。而且他想到南漢山下住有一些人家，那名乘客或許是某戶人家的朋友吧！所以就依著乘客的指示，把他送到南漢山下，那名乘客是在村落附近下車的，司機說他今天看了報紙才知道那個中國人失蹤了……。

我一聽那司機說：戰福生那天晚上離開東大門，是往南漢山去了，嚇了一大跳，心裡馬上湧起不祥的念頭。我催促小魏和警察到司機說的現場看看，那名警察說，他們已先通知那兒的派出所去察看了，我們在這兒等候回音就可以了。但是我那不祥的預感不知怎地卻愈來愈清晰，潛意識裡，我似乎已可以肯定戰福生發生什麼事了，所以我堅持著要他們陪我一起去看看，那名警察看我表情堅定，大概意識到我明白了什麼，所以開來警車載我、小魏連同那名司機，往南漢山方向駛去。

沿路上，我看到路旁的積雪已經很厚了，紛紛降下的雪花，迎面打在擋風玻璃上，一下子工夫便遮住了前去的路向，警察開動雨刷，一次又一次把落在玻璃上的雪花掃去，我盯著左右擺動不停的雨刷，腦海裡電轉般地閃現著多日來戰福生的林林總總……。

警車開到南漢山下的村子，那兒已有幾名警員在詢問附近的居民，其中有一個老農夫出先在那兒的警員帶過來向小魏解釋，大前天晚上，十一點多的時候，他家的狗叫得很凶，他覺得很奇怪，推開窗來瞧瞧，好似看到有一個人從車上下來，在大雪紛飛中走過他家門口，往山上的路走去……。

我聽到這兒，一顆心直往下墜，似乎兩三日來的謎團現在逐漸在我心中明朗過來；但是小魏仍然一臉茫然，如墜入五里霧中。

這時，那原先就在那兒的一名警員的對講機嗶嗶嗶叫了起來，那名警員拿起來用韓語嘰哩咕嚕應答了一番，小魏一聽，大叫起來：「找到了！在山頂上，人……人已經死了！」

聽到這句話，腦海裡轟然一聲，兩腳一軟，我差點癱瘓下去。那些韓國警察剎那間也緊張起來，紛紛跳上車，把我和小魏拉進車內，往山上開去。

通往南漢山頂的路很寬敞，車一直奔馳到半山腰，看看積雪太厚了，不容易再往前開，大家只好下車，急急往山頂走去。

正如我預感的，戰福生死在我們拍戲的現場，他就靠坐在那天他背電影對白的那棵大樹下，死去的姿勢很奇特，他雙腳朝向山底下那個村子，雙手捧著心，但是上半身卻斜倚著樹幹，頭歪到樹幹外來，臉仰得高高地看著天空。

由於死亡已有些時日，整個身體都凍僵了，硬梆梆的，仰起來的臉孔上凝了一層薄薄如白灰的雪，警察把他臉上的雪花拍掉，我發現他那蒼白如雪的嘴唇，牙關緊緊咬著，兩眼窩上積著較厚的雪花，看不出那是什麼神情……。

警察們亂成一團，不停地拿起對講機聯絡；我不知怎地，此刻反倒出奇地平靜，我走了幾步，離開那棵樹，向著山下長長舒了口氣，把流在臉上凝結成了冰花的淚抹去。

那是死亡的刹那，因為身體無可控制的動作，而使他仰起臉來嗎？還是……還是在最後的時刻裡，他毅然使視線離開了山下的村落，仰望向茫茫無語的蒼天……。

這樣的問題，很奇異地，竟在這個時候，在我心中激烈地攪動起來……。

我忍不住轉身，又瞄了一眼那坐在樹底下的他的身體。

「副導，你知道，當年我離開家鄉的時候，也不過像他那麼大的個兒！」

我的耳際，突然響起了戰福生的聲音。那天在這兒拍最後一個鏡頭時，由於他一再吃NG，站在那棵樹下背詞，我走過去叫他來試戲，他突然抓住我的手，指著和他一起配戲的年少演員說了這麼一句話。

當時，我覺得他這句話說得沒頭沒腦，但現在想起來，也許，就在那個時刻裡，「死亡」的種子已悄然地埋藏在他心坎裡了吧！不，說不定在那更早以前……

雪愈下愈大了，我望望周遭，白霏霏的雪無聲無息地降著，落在山上，落在林子裡，落在山下的河川、稻田、屋頂上……。

一片白茫茫的顏色，正一分一寸，一分一寸，漸漸地遮蓋了這大地上所有美的與醜的事物……。

12 永恆的戲劇

在茎濃溪畔幾個村莊至今仍流行不衰的許多故事中，三八呂毋寧是其中最傳奇、最有趣的一位人物了。

從小我便經常從阿公和他幾個同年茶餘飯後的閒談之中，片片斷斷聽到有關於三八呂的一些軼事，當時只覺得這些故事都很有趣很好笑，所以也就跟著阿公他們哈哈大笑，「三八呂」這個人物從那個時候起，就逐漸在我心中塑成了一個滑稽的形象。

可是隨著年歲的增長，以及求學之餘對台灣史的涉獵，回想及阿公當年述說的三八呂的故事，覺得事實上阿公和他的同年口中的三八呂，並不只是單純的滑稽人物，甚至，我似乎領悟到了，阿公和他的同年在述說這些故事的當兒，也不全然是快樂的吧，在他們笑聲的背後也一定隱藏著某種成份的寓意吧。

這種感覺到了我第一次看到三八呂的時候，便更加肯定了。我看到三八呂是在我外婆的莊子裡，那次我恰巧有事到外婆家，剛下車站就看到一個亂髮蓬鬆的老人，被一個婦人追打著從站旁的水果攤跑出來。

「別跑，別跑，小偷，你這死三八呂！」婦人從後面追得氣咻咻地，邊揮舞著手邊咒罵著。

老人手裡抱著一個梨仔瓜，飛快地衝進車站，躲入廁所裡去了。

婦人跟著追進去，東張西望地尋找了一會，不見了人，憤憤不平地離開了。

「死三八呂，夭壽東西，死沒有人埋的！」婦人邊走邊還破口大罵。

隔了一會兒，老人從廁所裡探頭出來張望，看看婦人走了，便癡笑著走出來坐在乘客候車的長木椅上，忘情地吃起手中的梨仔瓜來。

看著他那種瘋狂的跡象，狼呑虎嚥地，以至於紊亂的鬍碴上沾滿了瓜子和瓜汁，我心中驀然騰昇起一種類似悲愴的情緒。

這就是三八呂嗎？這就是我童年以來經常出現在阿公口中的三八呂嗎？這就是曾經不可一世的警察三八呂嗎？

層層的追問，把我推入了無以排遣的感傷之中。

阿公故事中的三八呂都是以極滑稽的形象呈現的，爲什麼事實上的三八呂卻是這副模樣呢？他和我童年時聽到的三八呂，相差竟是如此的巨大，是因爲時代的變遷使得三八呂也隨著變了呢？或者那些故事根本就是阿公和他的同年胡亂編的，把三八呂的形象根本就扭曲了？但是，阿公他們爲什麼要編這樣一個故事呢？阿公編出那些故事說給我們後輩聽，究竟爲了什麼？他們的動機又在那裡？

＊

據阿公說，三八呂本名叫呂明川，是茇濃溪畔的金瓜寮莊人，他阿爸在他很小的時候便過世了，他的阿母靠著耕種幾分向人佃來的地，以及利用晚上的時間替地主家縫補破的麻布袋，勉強賺取一些生活費用來撫養兩個孩子長大。

因爲他的阿母年紀輕，人又長得很有幾分姿色，所以金瓜寮莊的一些無賴常喜歡藉機吃她的豆腐。但三八呂的阿母卻是個個性倔強而又潑辣的女人，常爲此而和那些無賴衝突，甚至在大庭廣眾之間給他們難堪，無賴們惱羞成怒，也想報復她，讓她出醜一次。

有一天傍晚，就趁著她從田裡工作回家的路上，從蔗園衝出來，把她的衣服撕得稀爛，然後呼嘯而去。

三八呂的阿母受到這種侮辱，竟然悶不吭聲地用田裡的爛泥巴塗滿全身，然後咬緊牙關到莊子裡的街上走一圈，村子裡的人看著赤裸塗滿泥巴的她，不禁驚愕嘩然，婦人趕緊跑到街上掩住孩子的眼拉回家去。

「沒面沒皮的婦人家！」她們在她的背後恨恨地咒罵著。

男人們則嘩笑著吹口哨，跟在她後面起哄大叫。

三八呂的阿母寒著臉，若無其事地在街上走了一會才走回家去。回到家，她猛地將門關起來，把三八呂兩兄弟叫到堂屋裡，對著祖宗的神主牌，含著淚一字一句咬牙切齒地向他們說：

「川仔，慶仔，你們給阿母記著，今天的仇你們將來一定要報，你們去依日本人當警察、去做流氓都可以，阿母今天受到的侮辱，你們子子孫孫都不要給我忘記！」

後來三八呂兄弟果然都沒有辜負他們阿母的期望，三八呂當了日本的巡察補，他的弟弟呂明慶則成了莊子裡的地頭蛇，在法律管不著的角落裡呼嘯來去，莊子裡的人都給他一個外號叫「大魯鰻刀七」，據說是因為他曾在一夜之間砍傷了七個曾經侮辱過他阿母的魯鰻，然後還逃過了日本警察的追捕，因此聲名大噪起來，莊子裡的人受外莊人欺侮的時候，都會搬出他的名號來恐嚇說「大魯鰻刀七是我的朋友」，或者說「大魯鰻刀七是我的親戚」。

至於三八呂，他的風頭在莊子裡也不比他的弟弟弱，當時一名台灣人當上巡察補可是頂威風的一件事，畢挺的制服、大盤帽，腰間再配把幾乎拖地的長扁擔刀，大步走在街上，三八呂總掩不住得意的神采，從早到晚，他喜歡不停地到街上去走路，尤其專選人多的地方去走，名爲巡察，事實上是去享受眾人敬畏注目的快感，他常威風凜凜找機會當街喝斥那些頑劣的村民，以展現他不可一世的風神。

「你，巴格！過來，你不知道這裡禁設攤販嗎？」他抓住一個在行人道上擺設菜攤的老婦人。

「失禮，失禮，我不知道，我馬上走，請巡察大人原諒！」老婦人忙不迭地點頭道歉。

「不行！妳違犯道路規則，跟我到派出所去！」三八呂抓起菜攤上的秤子轉身就走。

「請巡察大人饒恕，下次不敢了！」老婦人跟著他糾纏討饒。

三八呂理都不理她，抓著秤子往派出所行去，老婦人一路嚎哭哀求著，哭聲招徠了一些行路的人，圍觀的民眾愈聚愈多，擋住了三八呂的去路。

「巴格，你們想幹什麼？我，堂堂的巡察在執行公務，你們沒有看到嗎？給我讓開！」三八呂拍拍肩章，向著圍觀的人提示他的身份。

「好啦，好啦，臭頭川仔，平平是客家人，你就放過人家吧，人家婦人一個，老公早死了，辛苦賺食養一家人，你就放過人家吧！」人群中有一個是他公學校時期的同窗，出面來向他求情。

「巴格！你，什麼人？說什麼話，膽敢批評巡察執行公務嗎？」三八呂看看周遭圍觀的人都沒有散去的樣子，便大聲咆哮起來。

「好啦，臭頭川你……」他的同窗還想再勸他。

「閉嘴，你叫我什麼？你一再阻止我執行公務，你，也跟我到派出所去！」三八呂怒指著他的同窗大聲警告。

「屌你老母——臭頭川仔，別人怕你，我可不怕你，你有幾根卵毛我還不知道？你哮哮叫什麼？三腳狗！」他的同窗惱羞成怒地反唇吼了回去。

三八呂沒料到他有這份膽子，被他這一吼，連連退了好幾步，一個跟蹌絆到石子，帽子掉了下去。

「警告一次，再不閉嘴別怪我不客氣！」三八呂看到眾人都面帶怒容，不覺有些心虛，不自覺地伸手握住刀柄，作勢要拔刀的樣子。

「你敢！」他的同窗捲起袖子，大喝一聲，衝前一步。

「警告兩次，再上前我拔刀了——。」三八呂握刀柄的手竟顫抖了起來。

「讓開，讓開，發生什麼事？」正在劍拔弩張的當兒，恰巧又來了一個日本巡察，大聲地喝開人群。

「山木桑你來得正好，把他抓起來，他阻撓我執行公務！」三八呂一看撐腰的來了，頓時勇氣百倍，指著他的同窗喝斥說：「他，大膽把我的帽子拍落到地上，抓起來！」

「噯！三八呂，帽子是你自己掉的，怎麼誣賴別人嘛。」人群中有許多人咕噥地說。

「誰？說話的人站出來，巴格，站出來！誰敢出來跟我到派出所去作證！」三八呂威風十足張牙舞爪地咆哮。

眾人一時噤若寒蟬，每個人都怕惹禍上身，紛紛溜走了。

「走！」三八呂反扭住他同窗的手，和那老婦人一併押往派出所去。

沿路上他高抬著頭，看著村人們怯怯地投過來敬畏的眼光，難掩得意的神色。

舉凡這些令人聽起來啼笑皆非的軼事，在三八呂身上無日無之，這就是村人給他取名「三八呂」的由來，「三八」含蘊著瘋顛、官僚、滑稽……諸般複雜的情意結，說起三八呂的「三八」，最有名、最有趣的要算以下這個至今仍流傳不衰的軼事了。

有一次派出所新換了一名叫夏目勝雄的主管，夏目在日本是一名武士的後裔，很注重巡察的榮譽與公正。

三八呂想盡了辦法想討好這位新主管都不得其門而入，這時正巧莊裡發生了一樁打架傷人的事件，三八呂聞訊趕來，抓住了一名滋事者，追問之下才知道原來是他弟弟帶領他們來尋仇打傷了人。

「待會到了派出所，你，不要說我弟弟也有份！」三八呂把他押往派出所的途中，如此警告那名滋事者說。

「你抓我，我當然要說你弟弟也有份。」滋事者詭譎地微笑說：「除非……你把我放了！」

「巴格！閉嘴，你這是威脅我嗎？嗄！堂堂的巡察是能夠威脅的嗎？」三八呂憤怒地說，一揚腳往他屁股踢去。

滋事者被押到派出所，果然供出是三八呂的弟弟帶頭打的人。夏目所長聞言大爲震怒。

「巴格！身爲巡察竟敢循私，是你故意放掉你弟弟找人來頂罪？」夏目所長一拍桌子，霍然站了起來。

「報告！……不是，我弟弟讓他逃走了，沒抓著。」三八呂回答。

「哪尼？馬鹿野郎，限你兩天之內把你弟弟抓來！」夏目所長下達指令。

「嗨……」三八呂恭敬地鞠了一個九十度的禮，慌亂地退了出來。

接到夏目所長的指令，三八呂一刻也不敢怠慢，匆匆忙忙地趕回家裡。走到家門口，看到他阿母正坐在門口，就著斜斜照進屋內的陽光縫補破麻袋。

「弟弟回來沒有？」三八呂一腳跨進門檻劈頭就問。

「剛回來在後院。」他阿母看他氣勢洶洶，感覺有點不對，又追問說：「什麼事啊？看你這副頭偏偏要吃人的樣式。」

「他在我的管區打了人，我要抓他去派出所。」說著，三八呂便往後院走去。

「等一下，」三八呂的阿母放下手中的破麻袋，張開雙手攔住他，「自家的兄弟，打傷了人，要怎麼辦我們自家關起門商量商量就好了，你抓他到派出所幹什麼？」

「不行！我是巡察，他在我管區內打人，我一定要抓他！」三八呂執意著要抓人，逕往後院走去。

「慶仔！你快逃——你哥哥要來抓你了！」他阿母猛地從後面抱住他，向著後院喊。

「嗳！嗳！放手，我是巡察，正在執行公務妳沒看到？放手！」三八呂又急又怒，猛地推開他阿母。

他阿母被他一推，踉踉蹌蹌退了幾步，一屁股跌坐在地上。

「你這夭壽子，白白養你這麼大，阿母你也敢打！有本事你別走！」他阿母破口大罵，在門角處找到一根扁擔，迎頭就往他身上亂打。

「嗳喲！」三八呂慘呼一聲，邊抱著頭往門口退，邊喝叱他阿母：「我是巡察，妳敢打巡察，妳犯了公務執行違犯第×條第×項罪名妳知道喋？」

「你講，你再講！我打死你這夭壽子！」他阿母一聽，愈發生氣起來，掄起扁擔更加兇猛地打去。

「好，好，妳再打！我警告妳！妳又犯了公務執行違犯第×條第×項！」三八呂往門口退出來，他阿母打一下，他便指著她舉發一條罪狀。

鄰居們聽到爭吵的聲音，紛紛跑過來圍觀，看著三八呂狼狽地挨打，邊退邊警告他阿母：

「妳犯了公務執行違犯第×條第×項……。」大家無可止遏地嘩然大笑起來。

「三八呂就是三八呂！」這件事發生以後，村人們便把它當作笑話到處傳誦著，聽到的人免不了都要大笑一番，搖搖頭開心地離去。

聽鄉中父老傳說，三八呂著著實實是在鄉中鬧過許多笑話，但是另一方面三八呂也因爲很懂得保護自己，所以他的巡察補倒也幹得穩穩當當，一直到台灣光復他都沒有丟官。

太平洋戰爭的末期，日軍在南洋各地已顯得力不從心，兵員大量的損失，於是便向本島征調「志願軍」到南洋去補充，三八呂頭一個爲了響應「大日本國偉大的號召」，便替他的弟弟報了名，志願到南洋去作戰。

「你混蛋，我不願意去，要去你自己去！」他弟弟聽到消息，憤怒地破口大罵。

「不去不行啊，我已經替你『志願』了。」三八呂要求地說。

「志願個屁，誰不知道那是一去無回！」

「噯！偉大的皇軍是戰無不勝攻無不克的，巴格，你說什麼？」三八呂大聲地制止他。

「戰無不勝攻無不克？那你自己爲什麼不去？要你替我「志願』！」他弟弟也惱怒

地吼了起來

「我不替你『志願』，他們還是會強迫你『志願』，反正你不去不行，在家裡等候徵召令，到南洋參加聖戰！」三八呂斷然地說。

「我死也不會去，有本事你們來抓我去。」他弟弟盛怒地跑了出去。

後來他弟弟眞跑去山裡藏了起來，但經過三八呂和他的同事的追捕，還是硬把他抓了回來。送往南洋去的軍伕都要先在訓練中心磨鍊幾個月，然後再用船趁著黑夜偷偷把他們送往南洋各島去打仗。臨行在郡役所報到的時候，三八呂到街上去送他，他弟弟躲在隊伍裡不肯見他。

「三八呂，我要是打不死回到台灣來，你給我記著，我一定要殺你！」受徵召的隊伍走過歡送的人群前面時，他弟弟猛地衝到隊伍前面來，揮舞著拳頭向他聲嘶力竭地怒吼。

後來他的弟弟終究沒有回來，冤死在新幾內亞，聽說是在打敗仗逃亡叢林裡的時候，被飢餓的日本軍殺來吃掉的。

這些消息傳來的時候，三八呂並沒有感到太大的悲傷，這時他正給日本當局「全島玉碎」的口號感動，到處奔走呼號，大有爲了大日本帝國的榮譽不惜拋頭顱灑熱血的氣概。

「聽說日本投降了，你知不知道？剛剛收音機裡有天皇的廣播，很多人都這樣說了。」有一天中午他從村裡執勤回來，他的妻子偷偷拉他到一旁輕聲地說。

「巴格！妳胡說什麼！」三八呂霍然震怒，一巴掌狠狠地打在他妻的臉上。

但是消息傳得很快，到了傍晚，村莊裡已經有人放鞭炮到街上去大聲歡呼了。

「打三腳狗！打三腳狗！」有一批年輕人拿了棍子沿街大叫著，還衝進幾家曾仗著和日本殖民當局的關係欺壓善良的地主家打人。

「有冤報冤，有仇報仇！」憤怒的人群奔相走告著。

三八呂嚇得忙把大門閂起來，惶惶然地把巡察的制服脫了丟到床底下，等到天黑才換穿了便服，躲藏到山裏去。

爾後，接著台灣的光復，中國的接收人員來到台灣，各方忙著戰後重建的工作，這其中的一年多，雖然不乏有些和三八呂有宿仇的人想找他算帳，但是三八呂卻失去了踪影，連他的家也搬離了原來的莊子。

又過了幾年，大家慢慢地幾乎要把這個人忘記的時候，村子裡有幾個豬販子到荖濃溪對岸的鄉鎮去販豬，帶回來消息說，三八呂在那邊的莊子又當警察了，這回當的是中國警察，至於他到底運用了何種手法，在時代變遷的夾縫中，搖身一變保全了他的權勢，就不可得知了，據說當了中國警察的三八呂依舊是這麼「三八」，在河對岸的鄉鎮裡仍然是笑話百出，只是作風上懦弱了許多，再也不敢像日本時代這麼囂張了。

那邊村子裡的年輕人後來也知道了三八呂的過去，對三八呂所代表的權威也起了鄙視之意，所以每當他們在管區中犯了過錯，便引三八呂追趕，年輕人拚命地往茇濃橋上跑，跑到橋的中央過了鄉鎮的界線，便轉過身來嬉笑地逗弄他說：

「來啊！三八呂，有本事你追過來啊——」

有趣的是，三八呂說什麼也不敢追過去，雖然他自圓其說那是他管區外的事他管不著，他只要把犯罪的人從他管區中驅逐出去就算盡到了管區警員的責任，他這樣說，事實上是他不敢再回到以前的莊子，怕莊子裡以前和他有仇的人施予報復。

但是，三八呂在河對岸的莊子，也不是生活得風平浪靜的，由於他一成不改的三八作風，也樹立了一些新的敵視他的人。

「三八呂！現在你穿著警察制服，我們不敢打你，那天你穿便服出來的時候，你給我當心！」很多人都這樣在背後偷偷警告他。

於是，三八呂就眞的從早到晚都穿著警察制服，連假日或者在家裡也不敢脫下來，甚至有人說他連睡覺的時候都穿著制服。

更妙的是，每天清晨，天還沒有亮，他就會把他兩個唸小學的兒子叫起來，在庭園裡像軍隊般地操練。

立正，稍息！雄渾的呼喊聲，使得還在酣夢中的鄰居大受困擾，有人盛怒地過來質問他到底是怎麼回事，他便振振有詞地回答說：

「兩個兒子，最起碼其中的一個我要叫他將來當警察，要不然我退休以後誰來保護我？」

啊！三八呂，永遠的三八呂啊——以前阿公說故事，每說到這裡便會似笑非笑地向我們長噓短嘆，似乎內心中的感慨使他不能再述說下去一般，而三八呂的故事卻還沒有完，我聽到的三八呂的最後一個故事是這樣的：

有一天，三八呂在他的管區裡調查戶口，查到鎮長家裡，正好逢到鎮長夫人和幾個紳士的太太在做方城之戰。

「調查戶口，夫人，能不能借妳家的戶口名簿看一看？」三八呂諂媚陪笑著說。

「戶口名簿有什麼好看的！」鎮長夫人看到是三八呂，便沒好氣地說。

「職務上的規定沒辦法，拜託，拜託！」三八呂低聲下氣地說。

由於鎮長夫人在他先生還沒當鎮長的時候，她娘家曾吃過三八呂的虧，這回抓住了機會便存心要整他一回。

「你沒看到我們在打牌啊？你等一會！」

三八呂便安份地坐在一旁等她們的牌局結束，沒想到這一等便一直等到傍晚，牌局一局接一局下去，鎮長夫人旁若無人地打著牌，似乎把話講過就忘了。

「啊，對不起，讓你等了一個下午，我剛剛想起來了，戶口名簿我先生帶去辦事了，你明天再跑一趟好了！」到了吃晚飯的時分，她們才歇手，鎮長夫人伸伸懶腰若無其事地說。

三八呂嘔著氣走出來，一路上走著，才知道受了人家愚弄，回到派出所便大嚷著邀約同事們要他們一起去抓鎮長夫人賭博。

「算了吧！抓來又怎麼樣？人家鎮長幾句話還不是又把她放了，我們在人家地盤上做事還是乖一點好，得罪他們，誰也得不到好處，鎮長家族在地方上的勢力你又不是不知道，何況人家不過打打小麻將！」同事們都如此勸他說。

「巴格！」三八呂一氣，日本話不期然就迸了出來：「這是你們該說的話嗎？我堂堂受過日本巡察教育的人是不會這樣說的！你們不去抓，我去抓！」

於是，三八呂便一個人全副武裝回到鎮長家來，聽到室內的麻將聲，他內心暗暗一喜，爲了免得打草驚蛇，便偷偷從屋後翻牆過去，不料他剛一翻過牆跳入後院，養在後院的一條狼犬便狂吠衝過來，追逐了一會，把他咬倒在地上。

「小偷，小偷！」正在打牌的鎮長夫人和她的牌友們聽到三八呂的哀叫聲，明白了怎麼回事，卻故意嚷嚷著拿出掃把、木棍跑到後院來一陣亂打，直打到他幾乎沒了氣息才止住。

這個事件使得三八呂在醫院躺了將近兩個月，在住院的期間，因爲他的公正、勇敢而受到了嘉獎。

出院以後，三八呂終於升遷了，升了一毛二的官職，授階的當天，他禁不住喜極而淚流滿面了。

但隨即他的管區也調了，升調到深山裡的一個山地部落裡去。

以後的事蹟也就沒有人知道了，只偶而聽到到山上去收購香菇的小販回來說，三八呂酗酒酗得很兇，醉了以後常哭鬧要回家鄉來。

後來又因爲酒醉後犯下了一連串過錯，受人檢舉而被開除了。

這樣的一個人，到了晚年，妻子兒女竟都棄他而去，三八呂回到家鄉，因之流浪街頭，而終於到現在就變得如此落魄瘋癲了。

＊

「這樣的故事，你們覺得好笑嗎？」阿公說完三八呂的故事，常常這樣問我們，我們沒有吭聲，只是掩著嘴咭咭不已地暗笑。

「那麼便大聲笑出來！」阿公拍一下我們的屁股，大喝一聲。

吼完，阿公和他的同年通常都望著夜空緘默起來。

——原發表於《暖流》雜誌創刊號

吳錦發年表

／宋澤萊整理

一九五四年：1歲

9月14日生於高雄美濃。父親、母親皆農民，父親日治唸小學，終戰後唸旗山農校畢業。

一九六〇年：7歲

入福安國校就讀。

一九六三年：10歲

曾祖母去世。

一九六七年：14歲

就讀初中1年級。

一九七〇年：17歲

美濃初中畢業，入讀高雄中學。

一九七三年：20歲

就讀中興大學法商學院社會系。第一次聽吳濁流演說。

一九七四年：21歲

參加霧社復興文藝營，指導老師蕭白。
開始以「滄浪」、「倉浪」爲筆名發表小說。
結識鄭清文，與鍾鐵民來往甚密。

一九七六年：23歲

發表第一篇小說〈英雄自白書〉於《台灣時報》（登出時，被改題目爲〈一個死囚的歲月〉）。
第三篇小說〈遺書〉發表於《台灣時報》，後來獲得文豪小說獎。

認識洪醒夫、李喬、鍾肇政、季季。

一九七七年：24歲

大學畢業，進入電影圈。

一九七八年：25歲

由於鍾肇政主編《民眾日報》副刊，向他邀稿，作品驟增。〈放鷹〉、〈巨鼠〉、〈蚱蜢〉、〈牛王〉於《民眾日報》副刊；〈燈籠花〉發表於《文藝月刊》。

一九七九年：26歲

〈堤〉發表於《台灣文藝》，後獲得「吳濁流文學獎」佳作獎。〈唐吉軻德的夢魘〉、〈出征〉、〈夜半琴聲〉、〈斷崖〉、〈永恆的悲歌〉發表於《民眾日報》副刊。

本年，〈烤乳豬的方法〉獲得第二屆「時報文學獎」短篇小說佳作獎。

一九八〇年：27歲

1月，赴韓國拍攝電影《原鄉人》外景，擔任助理導演。

發表〈靜默的河川〉於《台灣文藝》第30期。

4月，小說集《放鷹》由東大圖書公司出版，收集一九七八年—一九七九年發表的15篇短篇小說。

一九八一年：28歲

退出電影圈。〈有月光的河〉、〈火一般紅的木棉花〉發表於《自立晚報》副刊；〈老鼠伯與他的鴨子〉發表於《台灣時報》副刊。〈豬〉、〈被鰻突襲之金魚〉發表於《自由時報》副刊。〈蛇〉發表於《文壇》。

本年，〈兄弟〉發表於《台灣文藝》第73期，後獲得「吳濁流文學獎」佳作獎。

與高天生、林文義、陳恆嘉、簡上仁、宋澤萊、王幼華、羊子喬有緊密的來往。

一九八二年：29歲

1月，進入《台灣時報》擔任副刊主編。

〈那叫做托西的傢伙〉、《突襲者》發表於《自立晚報》副刊。〈被迫害妄想症〉發表於《文學界》。

12月，小說集《靜默的河川》由蘭亭書店出版，收集一九八一年－一九八二年發表的短篇小說15篇。

一九八三年：30歲

〈祠堂〉發表於《自立晚報》副刊。〈燕鳴的街道〉發表於《台灣文藝》第82期。

本年，〈燕鳴的街道〉獲得吳濁流文學獎佳作獎。

本年與鄭淑惠結婚。

一九八四年：31歲

〈囊葩〉發表於《台灣文藝》第86期。〈叛國〉、〈風箏〉分別發表於《文學界》第10集、12集。〈暗夜的霧〉發表於《自立晚報》副刊。

5月，離開《台灣時報》副刊，去《民眾日報》擔任副刊主編。

一九八五年：32歲

2月，小說集《燕鳴的街道》由敦理出版社出版，收集一九八四年—一九八五年發表的短篇小說。

4月，散文集《永遠的傘姿》由台中晨星出版社出版。

祖父過世。

《指揮者》發表於《台灣文藝》第96期，引起軒然大波。《消失的男性》發表於《文學界》第16集。

12月，好友鍾延豪車禍去世，深受震撼。

一九八六年：33歲

4月，小說〈燕鳴的街道〉電影劇本由楊青矗完成。

6月，小說〈有月光的河〉由光啓社拍攝成電視單元劇。

7月，〈黃髮三千丈〉發表於《自立晚報》副刊。

本年，小說自選集《消失的男性》由晨星出版社出版，收集一九八五年—一九八六年發表的短篇小說。

一九八七年：34歲
1月，主編《悲情的山林》一書，由晨星出版社出版。
〈烏龜族〉發表於《聯合文學》3月號。
一九八八年：35歲
1月，小說集《春秋茶室》由聯合文學出版社出版。
〈父親〉發表於《自立早報》副刊。
一九八九年：36歲
主編《一九八八年台灣小說選》由前衛出版社出版。
電影《春秋茶室》由導演陳坤厚執導完成，由張艾嘉、梁家輝、李宗盛等主演。
一九九〇年：37歲
評論集《抓狂政治》由前衛出版社出版。
2月，長篇小說《秋菊》由台中晨星出版社出版，收集一九九〇年—一九九七年發表的短篇小說7篇。
11月，小說集《流沙之坑》由晨星出版社出版，裡面有中篇小說〈閣樓〉。
12月，〈流沙之坑〉發表在《聯合文學》。
一九九一年：38歲
12月，政治評論集《打開天窗說亮話》由前衛出版社出版。
一九九二年：39歲
與環保人士籌組高雄市柴山自然公園促進會（現爲高雄市柴山會）。
一九九七年：44歲
12月，詩集《生之曼陀羅》由晨星出版社出版。
一九九八年：45歲
《天》、《地》、《玄》、《黃》、《龍》、《蛇》、《雜》、《處》8本政治、生態、文化評論集由高雄三源出版社出版。

二〇〇〇年：47歲

1月，散文集《生態禪》、《生命HIKING》由串門企業出版。當中《生態禪》首次用生態學的觀點闡釋中國、日本禪宗的公案，簡明易懂，禪境深邃。

二〇〇二年：49歲

參與高雄市議員選舉。

二〇〇三年：50歲

5月，童話《一隻鳥的故事》由串門企業出版。

二〇〇四年：51歲

5月20日任行政院文化建設委員會政務副主任委員。

二〇〇五年：52歲
小說集〈妻的容顏〉由聯合文學出版社出版，收集有10篇私小說。
二〇〇八年：55歲
卸除行政院文化建設委員會政務副主任委員的工作。
5月，詩集《我族》由串門企業出版。
二〇一四年：61歲
12月出任屏東縣文化處長。
二〇一六年：63歲
獲第16屆國立臺北大學傑出校友。
二〇一八年：65歲
3月，請辭屏東縣文化處長。

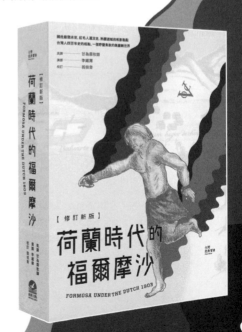

國家圖書館出版品預行編目資料

叛國：吳錦發政治短篇小說選/吳錦發作. -- 初版. --
臺北市：前衛出版社, 2024.01
面；15×21公分

ISBN 978-626-7325-82-7（平裝）

863.57 112022083

叛國：吳錦發政治短篇小說選

作　　者　吳錦發
執行編輯　番仔火
封面設計　兒日設計
美術編輯　宸遠彩藝

出 版 者　前衛出版社
104056 台北市中山區農安街153號4樓之3
電話：02-25865708｜傳真：02-25863758
郵撥帳號：05625551
購書・業務信箱：a4791@ms15.hinet.net
投稿・代理信箱：avanguardbook@gmail.com
官方網站：http://www.avanguard.com.tw
出版總監　林文欽
法律顧問　陽光百合律師事務所
總 經 銷　紅螞蟻圖書有限公司
114066台北市內湖區舊宗路二段121巷19號
電話：02-27953656｜傳真：02-27954100

出版日期　2024年1月初版一刷
定　　價　400 元

I S B N　978-626-7325-82-7（平裝）
978-626-7325-80-3（PDF）
978-626-7325-81-0（EPUB）

*請上『前衛出版社』臉書專頁按讚，獲得更多書籍、活動資訊

https://www.facebook.com/AVANGUARDTaiwan